ES
Ch. Panowsky

Doyle · Sherlock Holmes
Das gelbe Gesicht

Stephan Daum

Conan Doyle

Sherlock Holmes
Das gelbe Gesicht

Für die Jugend neu erzählt von
Klaus E. R. von Schwarze

Zeichnungen von
Charlotte Panowsky

Loewe

Die Deutsche Bibliothek - CIP-Einheitsaufnahme

Doyle, Arthur Conan:
Sherlock Holmes / Conan Doyle.
Bindlach: Loewe (Schwarze Krimis)
Das gelbe Gesicht / Für die Jugend neu erzählt
von Klaus E. R. von Schwarze. - 2. Aufl. - 1994
ISBN 3-7855-2168-5

ISBN 3-7855-2168-5 - 2. Auflage 1994

Umschlagzeichnung: Charlotte Panowsky
Umschlaggestaltung: Creativ GmbH U. Kolb, Stuttgart
Satz: Spintler, Weiden

Für Scarlett

Inhalt

Ein denkwürdiger Tag

... für den weiteren Verlauf meines ganzen Lebens war in jeder Hinsicht der 4. März 1881. Von diesem Tag an verlief mein Dasein in ganz anderen Bahnen, als ich es ursprünglich geplant hatte. Doch der Reihe nach!

Mein Name ist Dr. John Watson, ich bin Arzt, habe in Indien gedient, nahm als Militärarzt am zweiten afghanischen Krieg teil, in dem ich eine schwere Schulterverletzung erlitt, und wurde vorzeitig aus dem Dienst für Vaterland und Krone entlassen.

Nach meiner Genesung wollte ich in London eine Praxis eröffnen und machte mich deswegen auf Wohnungssuche. Es war zu jener Zeit nicht ganz einfach für einen Junggesellen, eine einigermaßen erschwingliche Bleibe zu finden. Aber da kam mir an jenem 4. März der Zufall zu Hilfe in Gestalt von Dr. Stamford, der mit mir Assistenzarzt am Bartholomäusspital gewesen war! Als ich ihm von meiner bisher ergebnislosen Wohnungssuche berichtete, erzählte er mir von einem Bekannten, der vor dem gleichen Problem stand. So lernte ich Sherlock Holmes kennen.

Er war der Typ des eigenbrötlerischen Wissenschaftlers und Gelehrten, nicht unsympathisch, aber auch nicht gerade von alltäglicher Erscheinung – einen Meter achtzig gut und gerne groß, dazu klapperdürr, mit hellen, alles durchdringenden Augen, einer kantigen Hakennase und einem scharfen Kinn. Er spielte hervorragend Geige, war ein ausgezeichneter Boxer und Florettfechter, kannte sich im britischen Strafrecht besser aus als so mancher Anwalt, befaßte sich viel mit chemikalischen, physikalischen und anatomischen Studien, glänzte in jeder Unterhaltung durch fundiertes Wissen auf wirklich allen Gebieten und bezeichnete sich in beruflicher Hinsicht als „Detektivberater“: Er beriet Detektive und manchmal auch die Polizei in Fällen, wo diese mit ihrem Latein am Ende waren!

Sherlock Holmes hatte in der Baker Street 221 B eine nette Wohnung gefunden im Haus einer gewissen Mrs. Hudson, die auch besagte Wohnung – ein großes, gemütliches Wohnzimmer, kleine Küche, Bad und zwei Schlafzimmer – als Haushälterin zu betreuen gedachte. Nur einen Haken hatte diese Wohnung für Holmes: Für ihn allein war sie ihm zu groß.

Das traf sich gut. Wir beschlossen zusammenzuziehen und haben diesen Entschluß eigentlich nie bereut! Wenn er auch nach jenem 4. März 1881 – wie gesagt – mein Leben ziemlich veränderte.

Mit der Zeit immer faszinierter von den kriminalistisch-kombinatorischen Gaben meines Wohnungsgefährten, machte ich es mir mit der Zeit zur Gewohnheit, genau Buch zu führen über alles, was passierte, wenn Sherlock Holmes seine spektakulären Fälle löste. Und mit den Jahren wurde ich zum Chronisten und Biographen meines Freundes, des besten Detektivs aller Zeiten! Meine Aufzeichnungen wurden zu detaillierten Protokollen, aus den Protokollen wurden Geschichten, aus den Geschichten Tatsachenromane, aus den Romanen... doch lest selbst!

„Es, es handelt sich um meine Frau! Ihr Benehmen gibt mir Rätsel auf, sie will auch nicht darüber sprechen, ich will aber dahinterkommen! Denn um irgendeine Nebensächlichkeit handelt es sich dabei bestimmt nicht. Drei Jahre sind wir nun verheiratet, glücklich verheiratet, muß ich hinzufügen. Wir führen eine harmonische, fast moderne Ehe, das heißt, ich helfe bei Bedarf auch im Haushalt aus und so weiter. Urplötzlich, seit letztem Monat, ist alles anders! Nichts ist mehr so wie vorher! Nicht, daß Effie, meine Frau, mich nicht mehr liebte – mitnichten. Es steht vielmehr plötzlich irgendein gravierendes Geheimnis zwischen uns, das sie nicht lüften will. Und ich kann damit nicht leben. Dabei, um eine gewisse Chronologie hineinzubringen, hat alles so schön angefangen. Als ich sie kennenlernte, war sie bereits Witwe, eine ganz junge und äußerst hübsche dazu. Schon mit siebzehn war sie in die Vereinigten Staaten ausgewandert, in die Südstaaten, genauer gesagt. Schon bald verlobte sie sich. Ein Rechtsanwalt, Hebron ist sein Name, heiratete sie in Atlanta. Ein Kind kam – doch zwei Jahre später verlor sie Mann und Kind durch eine Infektionskrankheit. Hebrons Todesurkunde habe ich übrigens mit eigenen Augen gesehen! Von ihm hatte sie ein stattliches Vermögen geerbt, kein Grund jedoch für sie, an dem Ort zu bleiben, wo sie menschlich so viel verloren hatte. Sie kehrte nach England zurück, zog zu einer Tante und bildete sich beruflich weiter. Ein paar Monate später haben wir uns kennengelernt, ineinander verliebt und wenige Wochen drauf bereits geheiratet.

Und nun zu mir! Ich bin selbständiger Hopfenhändler, genaugenommen Hopfenmakler. Ich will nicht klagen, bin zufrieden, denn ich habe mein gutes Auskommen. In Norbury haben wir – ideal für unsere auf Familienzuwachs angelegten

Zwecke – eine Landvilla gemietet. Es ist eine sehr ländliche Gegend, hat trotzdem gute Verkehrsverbindungen, die Stadt ist in der Nähe. Im Umkreis von ein paar hundert Metern gibt es einige Bauernhöfe, sonst nichts in der Nachbarschaft – außer einem kleinen, sehr soliden Blockhaus auf der gegenüberliegenden Seite der Hopfenfelder, die bis an unser Haus heranreichen. Zu erwähnen ist wohl, daß ich im Hochsommer nicht allzuviel Arbeit habe – da sind der Ernteertrag, dessen Güte und damit auch der Preis noch nicht abschätzbar –, und diese Zeit konnte ich folglich mit meiner Frau wunderbar genießen. Auf dem Land läßt sich's schon leben!

Einen weiteren Punkt muß ich wohl noch erwähnen: Meine Frau hat mir ihr gesamtes Vermögen überschrieben – gegen meinen Willen, das sei hinzugefügt! Aus finanziellen Gründen, aus indirekten Erbschleichermotiven heraus habe ich sie ja nicht geheiratet! Was ich verdiene, reicht gut und gern für uns zwei, gegebenenfalls auch für vier. Aber Effie bestand darauf, sie wollte, daß ich das Geld in meine Obhut nahm. Sie fühlte sich – mit Recht – wohl auch sicher bei mir und hatte eine lebenslange Partnerschaft im Auge. Mit gemischten Gefühlen einerseits, aber auch andererseits wieder irgendwie geschmeichelt, habe ich schließlich zugestimmt. Soweit war alles gut, bis vor acht Wochen. Da kam meine Frau zu mir und wollte Geld, um's genau zu sagen: fünfhundert Pfund.

Trotz der Vermögensübertragung hatte ich ihr selbstverständlich Zugang zu ihrer Ex-Erbschaft versprochen. Als rechtmäßiger Besitzer fühlte ich mich sowieso nicht. Meine nur aus Neugier getätigte Rückfrage, wofür sie denn so viel Geld brauche, hat sie jedoch nicht beantwortet! ‚Du bist mein Banker, und Banker sind nie neugierig – und äußerst diskret', antwortete sie mir darauf. Irgendwann werde sie mir vielleicht einmal Rechenschaft darüber ablegen, fügte sie noch hinzu. Leicht irritiert, frustriert auch, vielleicht ein bißchen gekränkt, habe ich ihr einen Scheck ausgeschrieben und den Fall daraufhin vergessen.

Erst im Zusammenhang mit dem Blockhaus kam ich wieder drauf – eine komplizierte Geschichte.

Ich stöbere gerne ein bißchen in der Umgebung der Villa herum. Da ist ein kleiner Mischwald mit vielen Tieren und Pflanzen. Schon des öfteren habe ich bedauert, daß das Blockhaus, Hexenhäuschen nennen wir es manchmal, unbewohnt, ungenutzt war. Wenn man seine Ansprüche an Komfort auf ein realistisches Maß reduziert, kann man – zwei, drei Leute – da gut leben inmitten der Natur.

Am vergangenen Montag nun bemerkte ich bei einem meiner Spaziergänge, daß das Haus wieder bewohnt war. Wir hatten also plötzlich Nachbarn. Mit dem Einräumen war man offensichtlich noch beschäftigt, denn vor dem Haus stand allerlei Mobiliar herum. Mit einer Mischung aus freudiger Erregung und Neugier bin ich näher auf das Haus zugegangen, um mir den Einzug aus der Nähe anzuschauen. Die Fenster waren bereits geputzt, und ich wollte erst einmal ins Haus sehen. Ich ließ meinen Blick über die Fassade schwenken, und dabei bekam ich fast einen Schock. Aus einem Fenster starrte mir nämlich ein Gesicht, nein, kein Gesicht, sondern eine gelbe Fratze entgegen. Eine ebenso starre wie in der Farbe krankhafte Visage! Ein gespenstisches Bild! Daß mich da keine Phantasien mit irgendwelchen verrückten Vorstellungen beeinflußten, habe ich sofort geprüft. Ich habe mich gezwickt – aber alles war Wirklichkeit. Nun war meine Neugierde natürlich geweckt. Ich marschierte zur Haustür und klopfte. Der älteren, hageren Frau, die mir öffnete, stellte ich mich als

Nachbar vor, der sich freue, daß das Haus wieder bewohnt sei – und so weiter. Für den Fall, daß irgendeine Hilfe benötigt würde, bot ich mich an... Aber was geschah? Die Frau warf einfach die Tür zu! Ich kam mir ziemlich überflüssig vor und ging wütend heim.

Wie Sie sich denken können, ging mir dieses Erlebnis den ganzen Tag nicht mehr aus dem Kopf. Zu verrückt war das alles, ich konnte mir darauf keinen Reim machen. Meiner Frau habe ich abends kurz darüber berichtet, aber sie reagierte kaum. Zwei Stunden später gingen wir schlafen, mein Schlaf ist normalerweise gesund und tief. Aber nicht in dieser Nacht. Die ungelösten Fragen marterten mich, ich wälzte mich hin und her und fand keine Ruhe. Meine Augen geisterten in der Dunkelheit umher, gerade wollte ich wieder Licht machen, um noch etwas zu lesen, als ich meine Frau bemerkte, die im Zimmer stand und sich gerade anzog! Mitten in der Nacht! Ihr Gesicht war kreidebleich, wie ich im Mondlicht deutlich sehen konnte. Außerdem war sie von einer auffälligen Nervosität, die fast mit Händen zu greifen war! Hätte ich sie angesprochen, wäre wohl mit dem Schlimmsten zu rechnen gewesen. Vielleicht ist sie eine Schlafwandlerin, schoß es mir durch den Kopf. So blieb ich stumm.

Sekunden später schlich sie aus dem Zimmer, kurz darauf hörte ich, wie die Haustür auf- und wieder zugemacht wurde. Das alles geschah um drei Uhr in der Nacht.

Gut zwanzig Minuten später kam sie wieder. Als sie hereinkam, richtete ich mich auf, woraufhin sie fürchterlich erschrak, als hätte ich sie bei irgend etwas auf frischer Tat ertappt. Meine Frage, wo sie gewesen sei, beantwortete sie mit einer reinrassigen Lüge! Nur zum Luftschnappen sei sie draußen gewesen, im Zimmer sei's ihr so stickig vorgekommen.

Dabei hätte sie ja nur das Fenster aufzumachen brauchen. Daß sie log, war auch an ihrer Stimme, an ihrem ganzen Verhalten abzulesen. Sie hatte ein äußerst schlechtes Gewissen, das war offensichtlich, und ihr war natürlich auch klar, daß ich ihr nicht glaubte. Es war eine völlig vertrackte Situation. Unsere erste Vertrauenskrise!

Ich wollte unbedingt herausbekommen, wo sie gewesen war. Aber wie?

Geschlafen habe ich in dieser Nacht nicht mehr. Bis zum Frühstück habe ich gegrübelt, aber außer verwegenen Spekulationen fiel mir nichts ein. Vormittags habe ich einen längeren Spaziergang durch Wiesen und Wälder unternommen. Zu normaler Arbeit wäre ich ohnehin nicht fähig gewesen, zu aufgewühlt war ich noch von den Ereignissen der Nacht. Auf dem Rückweg kam ich wieder am Blockhaus vorbei, wo ich hoffte, noch einmal das seltsame gelbe Gesicht zu sehen. Aber vergeblich. Nichts rührte sich hinter dem Fenster im ersten Stock.

Als ich so da stand und mir Gedanken machte über die mysteriösen Bewohner, ging plötzlich die Tür auf, und heraus kam – meine Frau!

Was in dem Moment in mir vorging, können Sie sich vielleicht vorstellen. Als hätte gerade der Blitz eingeschlagen, so fühlte ich mich. Meine Frau! Dabei war meine Überraschung möglicherweise noch gering gegenüber der, die ich auf den Zügen meiner Frau sah. Ich hatte den Eindruck, sie wäre vor Scham am liebsten im Boden versunken! Aber irgendwie und ziemlich schnell hat sie sich wieder gefangen.

Freudestrahlend kam sie mir entgegen. Sie habe sich der neuen Nachbarin nur vorstellen wollen und Hilfe im Bedarfsfall angeboten, sagte sie zu mir. Es war kaum zu fassen – Ich wurde schon wieder belogen! Abenteuerliche Ausreden am laufenden Band. Da also war sie in der vergangenen Nacht gewesen! Das habe ich ihr ganz unverblümt auch ins Gesicht gesagt, aber sie leugnete. Schauspielern liegt ihr nicht, es war offensichtlich, daß sie erneut log. Und wie wütend ich war, läßt sich denken. Kaum mehr Herr meiner Sinne, bin ich ihr entgegengestampft, wollte ins Haus eindringen, um endlich zu erfahren, was da drinnen gespielt wurde.

Ihre Reaktion darauf werde ich nie vergessen. Wie von Sinnen, hat sie mich angefleht, das Haus nicht zu betreten, sonst gäbe es ein beispielloses Unglück. Von einem Geheimnis sprach sie dabei, das zu wahren im beiderseitigen Interesse sei. Irgendwann werde sie alles erklären!

Ich wurde doch wieder unschlüssig und nahm schließlich Abstand davon, in das Haus zu stürmen, nachdem sie mir versprochen hatte, künftig nichts mehr hinter meinem Rücken zu tun. Richtiggehend glücklich war sie auf einmal und völlig verwandelt. Dann hat sie sich eingehakt und mich – in Richtung auf unser Haus – davongezogen. Einmal habe ich mich noch umgedreht – und da war es wieder im Fenster: Das gräßliche gelbe Gesicht!

Gestern hatte ich geschäftlich in London zu tun. Die Verhandlungen dort gestalteten sich sehr zügig und erfolgreich, und so kam ich eine Stunde früher als geplant zurück. Aber meine Frau war nicht daheim. Nach Aussage des Hausmädchens war sie spazierengegangen, was ich jedoch nicht glaubte. Wie hätte ich das auch, nach dem, was alles vorgefallen war?

Und die Bestätigung meines Verdachtes folgte auf dem Fuß. Auf dem Weg in mein Arbeitszimmer im ersten Stock sah ich durch das Treppenfenster, wie das Hausmädchen am

Rande des Hopfenfeldes in Richtung Blockhaus lief. Da also war meine Frau – schon wieder. Offensichtlich hatte sie mit dem Mädchen vereinbart, ihr Bescheid zu geben, wenn ich zurückkäme. Da ist mir der Geduldsfaden gerissen.

Wütend und enttäuscht bin ich im Geschwindschritt hinter dem Mädchen her! Aber schon auf halbem Weg sah ich, wie es mir entgegen kam – in Begleitung meiner Frau. Auf Diskussionen wollte ich mich nicht mehr einlassen, auf Kompromisse ebensowenig. Ich mußte jetzt endlich wissen, was es mit dem Blockhaus für eine Bewandtnis hatte. Ich raste an den beiden wortlos vorbei. An der Tür angekommen, habe ich nicht einmal geklopft, bin einfach hinein. Es hätte mich auch keiner aufhalten können, denn das Haus war leer. Es war möbliert – ziemlich ärmlich übrigens –, aber leer, wenn ich mal von der Katze absehe, die in der Küche ihr Nickerchen machte. Besser ausgestattet war nur der Raum im ersten Stock, aus dem das gelbe Gesicht immer schaute. Auf der Kommode fand ich, was meinen Verdacht zur Gewißheit werden ließ: Ein gerahmtes Bild meiner Frau!

Mit einer Mischung aus Wut, Verzweiflung und Eifersucht bin ich in mein Haus zurückgelaufen. Ich wollte nichts mehr hören oder sehen, am allerwenigsten meine Frau. Doch sie kam mir ins Arbeitszimmer nach und entschuldigte sich tränenreich für das gebrochene Versprechen. Wenn ich die Hintergründe wüßte, würde ich Verständnis für ihr Verhalten haben, sagte sie. Ja, wenn! Aufgeklärt hat sie mich nämlich nicht. Ich erfuhr weder, wer da wohnte, noch, warum sie ihr Bild einer anderen Person gegeben hatte! ‚Wer ist er', schrie ich sie an. ‚Ein Chinese etwa?'

Sie könne und dürfe das nicht offenbaren, war das einzige, was sie dazu sagte, bevor sie weinend aus dem Zimmer lief.

Ich habe mich dann eingeschlossen und meine Frau seither nicht mehr gesehen. Erst heute morgen kam mir der Gedanke, Detektive einzuschalten, möglichst die besten. Und das sind Sie beide. Ich brauche Ihren Rat. Sollte ich etwas bei meinem Bericht vergessen haben, was Sie für wichtig halten – fragen Sie!"

Den Erzählungen von Mr. Munro hatten wir fast atemlos und mit nicht geringem Mitgefühl zugehört. In der Tat war das Verhalten seiner Frau empörend. Nach einer längeren Gedankenpause nahm Holmes den Gesprächsfaden wieder auf:

„Erzählen Sie mir noch etwas mehr über das gelbe Gesicht! Offensichtlich gehen Sie ja davon aus, daß es ein Männergesicht ist, oder?"

„Nein, keineswegs! Ob Mann oder Frau, läßt sich schwer sagen! Ich war immer zu weit entfernt, außerdem spiegelten sich die Wolken in den Scheiben. Was mich vor allem so irritierte, waren das völlig starre Antlitz und die Farbe. Das Gesicht ist irgendwo zwischen Totenmaske, Gelbsucht und Leichenblässe!"

„Die Sache mit den fünfhundert Pfund – wie lange ist das her? Exakt acht Wochen?"

„Ja, genau zwei Monate!"

„Hat sie Ihnen je ein Bild ihres verstorbenen Exmannes gezeigt?"

„Nein, alle Papiere aus dieser Zeit sind noch in Atlanta einem Brand zum Opfer gefallen. Der Totenschein ist ein Duplikat."

„Kennen Sie vielleicht jemanden, der Ihre Frau in jener Zeit gesehen oder gekannt hat?"

„Nein!"

„Hat sie noch Bekannte oder Freunde drüben?"

„Ich glaube nicht. Von einem Briefwechsel ist mir jedenfalls nichts bekannt!"

„Das war's dann zunächst, Mr. Munro. Schlage vor, Sie fahren jetzt nach Norbury zurück. Dringen Sie nicht erneut ins Blockhaus ein! Aber behalten Sie es im Auge. Telegrafieren Sie sofort, wenn Sie Anhaltspunkte – einen rauchenden Schornstein etwa – dafür haben, daß die Bewohner wieder zurück sind. Binnen einer Stunde sind wir bei Ihnen und klären die Sache gründlich. Andernfalls wird's schwieriger. Dann kommen wir morgen zu Ihnen und nehmen anschließend das Blockhaus gründlich unter die Lupe – eventuell auch Ihre Frau ins Verhör. Machen Sie sich nicht allzu viele Sorgen. Der Fall ist vermutlich einfacher, als er sich darstellt!"

„Eine schlimme Sache, mein lieber Watson", seufzte Holmes, nachdem Mr. Munro gegangen war. „Erpressung vermutlich. Ich wollte unseren Klienten nur nicht noch mehr beunruhigen!"

„Wer erpreßt wen?"

„Wer erpreßt wird, liegt auf der Hand! Wer erpreßt, noch nicht – vermutlich der Bewohner des Zimmers im ersten Stock, der im Besitz eines Bildes von Mrs. Munro ist, der mit dem unangenehmen Gelbsucht-Gesicht! Offensichtlich hat er gleich mehrere negative Eigenschaften! Das Gesicht – es spielt eine Hauptrolle ..."

„Irgendeine Hypothese?"

„Ja, aber mit Betonung auf Hypothese! Könnte sein, daß die gute Mrs. Munro eine Bigamistin ist ... daß ihr erster Mann noch lebt! Oder noch genauer, daß er sich im Blockhaus aufhält.

Die Vorgeschichte stelle ich mir so vor: Mrs. Munro hat in Atlanta geheiratet, nach zwei, drei Jahren will sie sich trennen – aus welchen Gründen auch immer –, ihr Mann macht aber nicht mit. Daraufhin kehrt sie nach England zurück, wechselt ihren Namen, lernt einen neuen Mann kennen, heiratet ihn.

Mit der Todesurkunde – egal, ob gefälscht oder auf einen anderen ausgestellt – konnte sie ja auch alle Bedenken ihres jetzigen Mannes zerstreuen. Über die Herkunft ihrer Erbschaft habe ich übrigens noch keine Theorie.

Der verlassene Mann – entweder rachsüchtig oder habgierig, oder beides – hat in der Zwischenzeit ihre neue Identität und ihren Aufenthaltsort ermittelt.

Seine erste Aktion ist ein Drohbrief. Um sich den Mann vom Hals zu halten, denkt sie, schickt sie ihm fünfhundert Pfund. Nützt aber nichts! Mit einer alten Komplizin kommt er über den großen Teich und nistet sich im Nachbarhaus ein. Als sie erfährt, daß das Blockhaus wieder bewohnt ist, ahnt sie – mit Recht – die tödliche Gefahr. Die drei Ausflüge seiner Frau, von denen Munro berichtet hat, dienten wohl dem Zweck, den Nachbarn die erpresserischen Aktivitäten irgendwie auszureden – doch vergeblich. Um sie noch mehr unter Druck setzen zu können, hat man vielleicht wohl auch das Bild von ihr verlangt, von dem Munro sprach. Wer weiß? Beim dritten Gespräch wurden dann alle drei von dem Hausmädchen mit der Meldung gestört, daß Mr. Munro wieder da sei. Ahnend, daß ihr Mann ins Blockhaus kommen werde, forderte sie die beiden auf, sich im nahe gelegenen Wald zu verstecken, was wahrscheinlich auch geschah und dazu führte, daß unser Klient ein leeres Haus vorfand. Mittlerweile dürfte das Haus wieder bewohnt sein."

„Dann müßte auch das Telegramm bald kommen!"

So war es. Knapp teilte uns Munro mit, daß die Hütte bewohnt sei und er uns vom Zug abhole!

Vor Nervosität hin und her wippend, empfing er uns auf dem Bahnsteig.

„Jetzt oder nie, Mr. Holmes! Bringen wir's hinter uns! Im Blockhaus brannte Licht, als ich vorbeiging. Zum Haus werde ich mir, notfalls mit Gewalt, Zugang und dann Klarheit über die Identität der Bewohner verschaffen. Dabei brauche ich Sie als Zeugen."

„Ist ja nur ein kleiner Hausfriedensbruch!" konstatierte Holmes ironisch. „Sollen wir den auch bezeugen? Wahrscheinlich aber lohnt sich der Einsatz. Daß der Zweck die Mittel heiligt, halte ich allerdings in der Regel für eine bitterböse Unterstellung!"

Nach zehn Minuten bereits, die wir im Dunkeln marschiert waren, standen wir schließlich vor dem Blockhaus. Hinter der Tür, die nur angelehnt war, brannte Licht, ebenso im ersten Stock. Mit grimmiger Miene, zu allem entschlossen, stieß Munro die Tür auf – und fast mit seiner Frau zusammen.

„Bitte, Jack! Nicht weiter! Wenn dir unsere Ehe und meine Ehre noch etwas wert sind..."

„Erspar mir deine Sprüche! Viel zu lange schon hast du meine Geduld und mein Vertrauen strapaziert! Laß mich durch!"

Ohne die Reaktion auf seine Aufforderung abzuwarten, schob er seine Frau zur Seite, ebenso die verhärmte alte Frau, die aus einem der Zimmer gestürzt war. Zwei Stufen auf einmal, so stürmte er die Treppe hinauf und in das erleuchtete Zimmer hinein – wir hinterher.

Munro hatte bei seiner Beschreibung dieses Raumes kräftig untertrieben, denn es war ein liebevoll eingerichtetes, hübsches und gemütliches Zimmer, wobei dieser Eindruck durch mehrere Kerzen verstärkt wurde. Eine davon gab einem kleinen Mädchen Licht, das mit dem Rücken zu uns an einem kleinen Ecktisch saß und malte.

Was uns dabei sofort auffiel, war, daß die Kleine lange, weiße Handschuhe trug. Erschreckt durch die massive, lautstarke Invasion, drehte sie sich nach uns um: Ihr Gesicht! Eine gelbe Maske ohne menschliche Regungen starrte uns an!

Holmes jedoch, der die Situation als erster durchschaut hatte, war schmunzelnd hinter die Kleine getreten und hatte ihr ans Ohr gegriffen. Ein rascher Ruck! Eine Maske fiel daraufhin zu Boden. Und vor uns stand – fröhlich feixend – eine kleine Schwarze, für die die Maskerade wohl ein richtiger Kinderspaß war. Herzlich habe auch ich gelacht! Nur Munro fand die ganze Situation überhaupt nicht komisch!

„Was wird hier gespielt? Was soll das?" stöhnte er ziemlich fassungslos.

„Nachdem du unbedingt eine Erklärung willst", sagte eine Frauenstimme hinter uns, „sollst du sie bekommen!"

Mrs. Munro war in den Raum getreten – völlig verwandelt. Von der Verzweiflung, mit der sie noch kurz zuvor ihrem Mann entgegengetreten war, war nichts mehr zu spüren. Ruhig und selbstsicher fuhr sie fort:

„Mein erster Mann ist wirklich tot. Mein Kind dagegen lebt – da ist es!"

„Wie das? Das ist doch eine Schwarze!"

„Ein Mischlingskind, ja, meine heißgeliebte Tochter Lucy! Mein Mann war schwarz, und unsere Tochter hat mehr Farbe von ihm geerbt als von mir. Mir hat das übrigens nie etwas ausgemacht! Mein Mann war ein wunderbarer Mensch, von Beruf Rechtsanwalt und als solcher vor allem für die Bürger-

rechtsbewegung tätig. Wir führten eine glückliche Ehe, obwohl einem gemischtrassigen Paar in den Südstaaten da oft der blanke Haß — manchmal sogar aus beiden Lagern — entgegenschlägt.

Nach dem Tod meines Mannes wollte ich nicht mehr in Atlanta leben und ging nach England zurück. Lucy, meine Tochter, war aber damals noch viel zu klein! Den extremen Klimawechsel hätte sie kaum verkraftet. So ließ ich sie in den bewährten Händen von Mrs. Scot, die schon jahrelang unseren Haushalt geführt hatte. Nach ein, zwei Jahren wollte ich Lucy dann nachholen. Erst einmal aber lernte ich dich, Jack, kennen und lieben. Als wir kurz vor der Hochzeit standen, hätte ich dir von der Existenz meiner Tochter berichten sollen, aus Angst, dich im letzten Augenblick zu verlieren, unterließ ich es jedoch. Vor die vermeintliche Wahl zwischen Mann oder Tochter gestellt, habe ich mich zunächst für meinen Mann entschieden. Gott möge mir verzeihen!

Mrs. Scot schrieb mir übrigens regelmäßig. So wußte ich wenigstens, daß sich Lucy gut entwickelte – wie man sieht!

Im Laufe der Zeit wurde aber die Sehnsucht nach meinem Kind immer stärker, daher habe ich an Mrs. Scot fünfhundert Pfund überwiesen, die Reisekosten, verbunden mit der Aufforderung, sofort Schiffspassagen zu buchen und hier dann im Blockhaus zu wohnen.

Das Versteck- und Verkleidungsspiel, das mir hier erforderlich schien, ist ja nun bekannt. Tagsüber durfte Lucy nie aus dem Haus, sicherheitshalber kam noch die Maskerade dazu... Wenn man sie durchs Fenster gesehen hätte – die Gerüchteküche im Ort wäre übergebrodelt! Dann schon lieber eine Maske. Nun, was in den ersten fünf Tagen geschah, weißt du – zumindest im Rückblick! Was ich nun gern wissen würde, Jack: Was soll werden... aus Lucy und mir – und dir?“

Es schien, als würden alle Anwesenden die Luft anhalten nach dieser Frage.

Knisternde Spannung breitete sich im Raum aus, und alle schauten nun Munro an, dessen zuckende Gesichtsmuskeln verrieten, daß er mit sich kämpfte. Nach zwei Minuten endlich, einer kleinen Ewigkeit für uns, glättete sich seine Miene, er griff nach der Kleinen, zog sie an sich und küßte sie liebevoll auf die Wange.

„Eine Tochter zu kriegen“, schmunzelte er, „habe ich mir – auch als Vater – viel schwieriger vorgestellt. Die Details können wir zu dritt und zu Hause klären!“

Die Kleine an der einen, seine Frau an der anderen Hand, steuerte er zur Tür. Unten angekommen, verabschiedeten wir uns. Unsere Mission war erledigt.

Auf der Heimfahrt im Zug faltete ich meine Hände über dem Bauch und betrachtete Holmes, der mir mit unbeweglicher Miene gegenübersaß. Ruhm hatten wir bei der Klärung dieses

Falles nicht gerade einheimsen können. Seine Hypothese hatte sich als falsch erwiesen, und sein einziger konkreter Beitrag zur Lösung hatte darin bestanden, einem kleinen Mädchen eine Maske übers Ohr zu ziehen! Und doch hatte auch dieser Fall sein Gutes für Holmes. Ihm wurde erstmals recht deutlich bewußt, daß auch Genies sich irren können. Daß dies menschlich ist, sagt schon das Sprichwort, daß es auch menschlich macht, füge ich ohne Anspruch auf Allgemeinverbindlichkeit hinzu. Seine zuweilen etwas unkritische Selbstherrlichkeit erreichte nie mehr das vormalige Niveau. Und es veränderte sich auch seine Beziehung zu anderen Menschen: Wer von seiner eigenen Fehlerhaftigkeit weiß, reagiert auf die Fehler anderer großzügiger, liberaler – menschlicher halt.

Das Geheimnis von Boscombe Valley

Es war ein regnerischer, nebelverhangener Morgen und ganz dazu angetan, es sich daheim am Kamin bei einem ausgiebigen Frühstück gemütlich zu machen.

Ich freute mich schon darauf, doch als ich ins Wohnzimmer kam, hatte Holmes schon andere Pläne. Er, der normalerweise ein in Ruhe genossenes Frühstück ebenso liebte wie ich, drängte mich zur Eile. Und das so früh! Ich sah ihn ziemlich entsetzt an.

„Wir haben einen dringenden Termin, Watson, und zwar

einen, bei dem du als mein Begleiter absolut unentbehrlich bist. Außerdem haben wir dazu noch eine Bahnfahrt vor uns!"

„Wohin soll's denn gehen bei dem Wetter, wo man keinen Hund auf die Straße jagt?" fragte ich, nun doch neugierig geworden.

„Nach Boscombe Valley in Herefordshire – in der Nähe von Ross!"

Meistens verursachten derartige Aufforderungen meines Freundes gemischte Gefühle bei mir. Schließlich hatte ich ja einerseits Patienten zu betreuen und somit geregelte Pflichten als Arzt. Andererseits aber hatte ich auch in meiner ganzen langjährigen Tätigkeit im Dienst der Gesundheit noch nicht einen Fall erlebt, der es an Spannung mit einem jener Fälle hätte aufnehmen können, wie er für meinen als Detektiv tätigen Freund die Regel war. In der Abwägung zwischen meiner beruflichen Pflicht und meiner Neugierde, siegte meist die Neugier. Außerdem hatte ich das Glück, sozusagen nur die eine Hälfte einer Gemeinschaftspraxis zu sein. Mein Kollege konnte also in dringenden Fällen meine Patienten mit versorgen. Womit er übrigens nicht schlecht verdiente, was seiner zahlreichen Familie – und meinem Gewissen – zugute kam. Und war nicht eine Fahrt aufs Land auch viel gesünder als das Leben im Nieselregen?

So zog ich mich relativ rasch an, und schon eine halbe Stunde später saßen wir im Zug, der die Paddington-Station kurz darauf verließ.

Im Abteil waren wir beide allein, was ein glücklicher Umstand war, weil Holmes Platz für die zahlreichen Aufzeichnungen und Akten benötigte, die er mitgenommen hatte und sogleich eifrig auf die freien Plätze verteilte. Ich war gekränkt, sagte aber nichts und sah nach draußen auf die nebelverhangene Landschaft, die wie im Dämmerlicht vorbeiglitt. Erst nach etwa einer Stunde fiel es Holmes ein, daß er mir vielleicht einige Erklärungen schuldig war.

„Hast du in der Zeitung etwas über den Fall von Boscombe Valley gelesen, mein lieber Watson?"

„Nein", sagte ich betont kurz angebunden, aber Holmes schien es nicht zu merken. „In der Londoner Presse stand darüber ohnehin fast nichts – eine Fehleinschätzung der zuständigen Redakteure, die den Fall für eines der üblichen Verbrechen halten! Das mag sogar stimmen, in der Aufklärung dagegen erweisen sich die sogenannten simplen Fälle aber zumeist als harte Nüsse! Und hier schaut's ganz nach einem ganz harten Brocken aus! Einen Hauptverdächtigen hat die Polizei schon – den Sohn des Ermordeten. Aber das geht mir alles zu glatt. So etwas macht mich eher mißtrauisch. Sicher legst du Wert darauf, nicht nur meine ohnehin sehr löchrigen Folgerungen zu hören, sondern die wesentlichsten, mir derzeit bekannten Aspekte?"

Ganz gegen meinen Willen hatte mich Holmes schon wieder gefesselt. Ich vergaß meinen Ärger und nickte neugierig. Holmes lehnte sich bequem zurück und holte aus:

„Nun denn! Auf einem der größten Grundstücke in Boscombe Valley, einem Bezirk in Herefordshire, hat sich alles abgespielt. Besitzer ist ein gewisser Mr. John Turner, der in Australien sein Geld gemacht hat und in diesem Tal seinen Ruhestand genießen wollte. Wie du weißt, verpachten Großgrundbesitzer oft einen Teil an Bauern, deren Nutzflächen – wirtschaftlich gesehen – zu klein sind, oder an Bauernsöhne, die bei Erbschaften leer ausgegangen sind. *Hatherley Farm* ist so ein Objekt; Turner hat das Areal an einen Mr. Charles

McCarthy verpachtet. Beide kennen sich bereits vom fünften Kontinent her, von Australien. Wie weit die Freundschaft geht, ist mir nicht bekannt. Immerhin hat man die beiden oft zusammen gesehen. McCarthys Sohn ist achtzehn, im gleichen Alter wie Turners Tochter. Die Frauen der beiden sind längst verstorben. Während Turner, nur mit ein paar Dienstboten, ziemlich zurückgezogen lebt, sah man McCarthy des öfteren bei gesellschaftlichen Veranstaltungen, Schützenfesten, Pferderennen und so weiter.

Am vergangenen Montag, gegen 15 Uhr, nun verließ McCarthy seine Farm und machte sich auf den Weg zum Boscombe Pool, einem kleinen Weiher in der Nähe. Wie sein Butler berichtete, hatte er dort eine Verabredung... Auf dem Weg zum Pool, etwa fünfhundert Meter vom Haus entfernt, wurde McCarthy von zwei Leuten gesehen: einer alten Frau und Turners Wildhüter, William Crowder. Kurz darauf hat Crowder auch James McCarthy gesehen, der – mit einem Gewehr in der Hand – seinem Vater folgte. Am Teich wurden Vater und Sohn dann zufällig von einem Mädchen beobachtet. Sie heißt Patience Moran und ist die Tochter von Turners Pförtner. Nach ihren Erzählungen haben sich Vater und Sohn heftig und lautstark gestritten! Als der Sohn in seiner Erregung einmal die Hand hob, ist sie weggelaufen und hat alles ihrer Mutter berichtet.

Kurz darauf kam dann der junge McCarthy, völlig außer sich, ohne Hut, ohne Gewehr und mit Blutflecken am Arm, ins Pförtnerhaus und stammelte, sein Vater sei tot, sei am Teich ermordet worden!

Gemeinsam eilten nun alle zum Teich, wo sie den alten McCarthy tot auffanden. Mit einem stumpfen Gegenstand hatte man ihn niedergeschlagen, den Schädel zertrümmert, und wohl auch noch geprügelt oder getreten, als er bereits am Boden lag. Das Gewehr, dessen Kolben sofort als mögliche Tatwaffe angesehen wurde, lag nur ein paar Schritte weiter im Gras. Und was lag näher für die Polizei, als den Sohn sogleich unter Mordverdacht festzunehmen?

Er sitzt noch immer in Untersuchungshaft, jetzt wegen Verdacht des Totschlags, nachdem der Haftrichter zunächst auf vorsätzlichen Mord erkannt hatte!"

„Ziemlich klarer Fall, oder?"

Ich war ein wenig enttäuscht. Wegen eines derartig durchsichtigen Verbrechens hatte ich mich auf diese Reise gemacht?

„Ja und nein, lieber Freund! Gerade diese auf den ersten Blick so glasklaren Fälle machen mich ungemein mißtrauisch. Mit vermeintlich todsicheren Indizienbeweisen hat man bekanntlich schon manchen Unschuldigen an den Galgen gebracht. Ich habe kürzlich etwas Interessantes gelesen: Wenn mehrere Menschen etwa eine Schere betrachten, so kann es sein, daß die einen einfach nur ein Werkzeug zum Schneiden in ihr sehen. Aber für andere ist sie eine Stichwaffe... oder gar ein behelfsmäßiger Schraubenzieher. Es kommt beim Betrachten von Dingen also häufig darauf an, was man sehen will! Und so scheint es in diesem Fall auch zu sein. Ich werde versuchen, den Schleier des Offensichtlichen von den Dingen zu lüften, wenn du so willst! Und den ersten Eindruck will ich ganz schnell wieder vergessen! Denn nach dem ersten Eindruck schaut es schlecht aus für James McCarthy! Er hat ganz schlechte Karten. Aber, wie es scheint, hat er auch Freunde und Bekannte, die ihn nicht für den Mörder halten. Zu ihnen gehört übrigens auch Miß Turner!

Ihr und einigen seiner Freunde verdanken wir nebenbei gesagt unseren Auftrag! Ich soll die Unschuld des jungen McCarthy beweisen. Und ich verwette meine Geige, daß ich bereits Anhaltspunkte dafür habe, diesen Beweis führen zu können.

Daß McCarthy, wie geschehen, bei seiner Verhaftung äußerte, der Alte hat es verdient!, wirst vielleicht auch du als Schuldeingeständnis werten. Für mich sieht es jedoch, je länger ich darüber nachdenke, ganz anders aus. Jeder Täter, jeder Mörder hätte sich anders verhalten, hätte versucht, Theater zu spielen. Irgend etwas hat James McCarthy sich zwar wohl – in Hinblick auf seinen Vater – vorzuwerfen, aber keinen Mord! Anhaltspunkte dahingehend haben wir bekanntlich durch das kleine Mädchen."

„Trotzdem kommt mir das alles reichlich konstruiert vor!" warf ich ein.

„Was könnte es denn anders sein, mein lieber Watson, nachdem ich den Fall bisher aus der Ferne beurteilen muß? Außerdem ist es doch so, daß Gedankengebäude an sich weder gut noch schlecht sind. Sie sind ein Mittel der Hypothesenbildung, die Voraussetzung für einen Versuch-und-Irrtum-Test, nicht mehr, nicht weniger! Seit der Antike ist keine bessere Methode der Wahrheitsfindung bekannt! Die Methode, die wir beide immer wieder anwenden, führt über Spekulationen und Irrtümer zur Erkenntnis der Wahrheit – und ist folglich die beste aller Methoden.

Doch zurück zu unserem Fall! Der Aussage von James McCarthy vor Gericht entnehme ich, daß er erst kurz vor dem Mordfall, am Morgen des 3. Juni, zurückkam. Drei Tage sei er in Bristol gewesen, gab er zu Protokoll. Wie ihm das Hausmädchen dann erläuterte, befand sich sein Vater derweil in Ross, um mit dem Butler, John Cobb, verschiedene Erledigungen zu tätigen. Unmittelbar darauf fuhr der Wagen des Vaters vor. Ins Haus kam der alte McCarthy jedoch nicht, sondern er verschwand mit hastigen Schritten irgendwo auf dem ausgedehnten Hof! Der Sohn holte sich dann sein Gewehr, um auf Kaninchenjagd zu gehen. Auf dem Weg zum Weiher, in dessen Umgebung sich die unternehmungslustigen Nager zur wahren Landplage entwickelt haben, traf er auf den Wildhüter, der den Eindruck gewinnen mußte, der junge Mann folge seinem Vater, denn dieser war zwei Minuten zuvor vorbeimarschiert!

Und dann – so müssen wir es wohl interpretieren – gab's ein Mißverständnis! Vom Teich her hörte James den Ruf *‚Cooee'*, das alte aus Australien-Zeiten stammende Erkennungssignal zwischen Vater und Sohn!

Daraufhin beschleunigte er seine Schritte und erreichte kurz danach den Teich, wo ihm sein Vater, dessen Ruf aber möglicherweise einem anderen gegolten hatte, offensichtlich ziemlich verwirrt und reichlich grantig entgegentrat.

Es muß dann zu einem sehr heftigen Wortwechsel gekommen sein, wie ja auch das Mädchen zu Protokoll gegeben hat. James war nun die Lust auf Kaninchen gründlich vergangen, und er machte sich auf den Rückweg. Nach ungefähr fünfzig Metern, so sagt er, habe er einen entsetzlichen Schrei gehört. Er sei zurückgeeilt – und habe seinen Vater sterbend vorgefunden.

Mehr, als ihn noch in den Arm zu nehmen, konnte er nicht tun. Bevor der Alte verschied, soll er noch ‚Ratte' gestöhnt haben! Und noch von einem merkwürdigen Vorfall wußte James zu berichten. Wie geschildert, hatte er sich ausschließlich um seinen sterbenden Vater gekümmert, nebenbei aber – eher im Unterbewußtsein – etwas wahrgenommen, was ein paar Meter weiter im Gras lag, einen grauen Mantel vielleicht, oder etwas Ähnliches. Als er sich dann aufmachte, um Hilfe zu holen, war der Mantel fort. Soweit die Aussage von James McCarthy. Ich gebe zu, daß das alles reichlich mysteriös ist... und dennoch... Wenn es schlüssiger wäre, würde das mein Mißtrauen eher nähren als umgekehrt. Anscheinend weiß auch der Staatsanwalt nicht weiter. Einmal wirft er dem jungen McCarthy einen Mangel an Phantasie vor und hält ihm vor, daß seine Erklärung für den Vater-Sohn-Streit fadenscheinig sei. Und dann unterstellt er ihm genug Phantasie, die letzte Bemerkung des Vaters, die mit der Ratte, erfunden zu haben!

Irrungen und Wirrungen auf dem Weg zur Lösung, mein Lieber. Indes, wir machen's diesmal anders. Wir unterstellen dem jungen McCarthy erst einfach mal, daß er die Wahrheit gesagt hat.

Damit sind wir der Wahrheit zwar noch keinen Schritt näher gekommen, aber als Ausgangspunkt erscheint mir das im Moment am wahrscheinlichsten, allen kriminalistischen Fachleuten zum Trotz!

Und mit dem Teufel müßte es zugehen, wenn ich der Wahrheit nicht bald auf die Spur käme. Am Tatort sind wir jedenfalls bereits!"

Wie wahr! Der Zug hatte soeben, mit ohrenbetäubend quietschenden Bremsen, im Bahnhof von Ross haltgemacht. Lestrade, unser alter Bekannter von Scotland Yard, empfing uns am Bahnsteig, da wir durch ein Telegramm angekündigt waren.

Weshalb ausgerechnet Holmes bei solch einem einfachen Routinefall auf der Bildfläche aufgetaucht war, leuchtete ihm zwar nicht ein, doch hatte er sich – durch Holmes gelegentlich recht gedemütigt und dadurch gewarnt – noch einen Rest gesunder Skepsis bewahrt.

So kutschierte er uns mit reservierter Freundlichkeit ins Gasthaus „Hereford Arms", wo wir gemeinsam Tee tranken.

Lestrade, mit den Verhaltensweisen meines Freundes bestens vertraut, hatte bereits einen anderen Wagen organisiert, der Holmes nach *Hatherley Farm* bringen sollte.

„Zu liebenswürdig, mein Lieber!" begann jedoch Holmes unsere Unterhaltung. „Aber völlig überflüssig. Meine Neugier hält sich noch in Grenzen, und die Gastfreundlichkeit einer guten ländlichen Wirtschaft will schließlich auch genossen werden. Wir bleiben hier. Was gibt's schon Schöneres auf Erden, als mal so richtig verwöhnt zu werden!" brummelte er fröhlich vor sich hin.

„Gehe ich recht in der Annahme", warf der Inspektor ungläubig ein, „daß auch dieser Fall für Sie schon wieder mal geklärt ist?"

„Na ja, verehrter Freund – Sie wissen vielleicht, daß ich kein Anhänger solcher Fragen bin, zumal dann, wenn sie bereits naßforsche Schlußfolgerungen beinhalten..."

Erschreckt tätschelte der Inspektor seine rechte Wange, als hätte er gerade eine Ohrfeige einstecken müssen. Aber er konterte tapfer:

„Auch wenn Sie mir heute offenbar außer Unfreundlichkeiten nichts zu bieten haben – ich habe für Sie noch eine angenehme Überraschung parat! Draußen, wenn mich nicht alles täuscht, ist soeben ein Wagen vorgefahren... Aber sehen Sie selbst!"

Lestrades Hinweis auf eine Überraschung war wörtlicher zu nehmen, als er dies wohl selbst gemeint hatte! Denn die junge Dame, die kurz darauf eintrat, war... eine Schönheit!

Dunkle, selbstbewußte Augen strahlten uns da aus einem Gesicht entgegen, das zugleich zart und willensstark wirkte. Nicht einmal die Andeutung einer Falte war in diesem sportlich gebräunten Teint zu entdecken. Rostig-schimmernde, brünette Haare rahmten das Gesicht ein. Kein Gramm zuviel – auch in der Taille! Gekleidet war die junge Frau auf stilsichere, lässige Art. Das dezente, schottisch gemusterte Kostüm stand ihr hinreißend. Während ich sie noch überwältigt anstarrte, wandte sie sich instinktsicher sofort an meinen Freund:

„Mr. Holmes?! Lieb, daß Sie gekommen sind! Mein Telegramm hat Sie also erreicht? Es war aber auch höchste Zeit. Der reinste Wahnsinn, daß James noch immer in Haft ist! Er war es nicht! Absurd! Verrückt!"

„Beruhigen Sie sich, Miß Turner!" unterbrach sie mein Freund. „Vielleicht wird Ihnen manches jetzt leichter, wenn ich Ihnen sage, daß wir Ihrer Meinung zuneigen. Indes, die Freilassung von Mr. McCarthy aus der Untersuchungshaft erfordert noch eine Menge Arbeit, Recherchen im Detail vor allem, um es genau zu sagen."

„Was meinen Sie eigentlich", mischte sich Lestrade empört ein, „was wir hier in den letzten Tagen getrieben haben? Ihr Optimismus widerspricht völlig unserem Ermittlungsstand!"

„Acht, Lestrade!" Holmes setzte dabei seine typisch ironisch-lächelnde Miene auf. „Es wäre ja nicht das erste Mal, daß wir anderer Meinung sind. Entscheidend ist doch, wer am Schluß recht behält. Und unser beider bisherige Erfolgsquote ist kaum in Gefahr!"

„Wenn Sie wüßten, wie mich das beruhigt, Mr. Holmes!" Miß Turner wäre uns beiden fast um den Hals gefallen. „Und ich glaube, ich kann dazu auch Entscheidendes beitragen! James, also Mr. McCarthy, wäre wahrscheinlich schon längst außer Verdacht, wenn er nicht so sehr auf mich Rücksicht nehmen würde. Wegen mir hatte er nämlich so oft Streit mit seinem Vater. Sein Alter Herr wollte, daß wir heiraten. Aber James – in der Hinsicht völlig einig mit meinem Vater – wollte noch warten. Er fühle sich dazu noch zu jung, hat er auch mir oft genug gesagt, obwohl er mich, glaube ich, ziemlich gern hat. Geschichten mit anderen Frauen hat er nicht, soviel ich weiß. Wir kennen uns halt schon seit unserer Kinderzeit."

Die offenen Worte der jungen Dame hatten bei Holmes erkennbare Spuren hinterlassen. Voller Sympathie war er ihren Ausführungen gefolgt.

„Gibt es Probleme, wenn ich morgen mit Ihrem Vater sprechen möchte, Miß Turner?"

„Dazu muß der Arzt erst sein Einverständnis geben. Die Gesundheit meines Vater ist nicht mehr die beste, und diese Geschichte hat ihm auch sehr zugesetzt. Die beiden, mein Vater und Mr. McCarthy, kennen sich ja schon seit Jahrzehnten. In Victoria haben sie gemeinsam nach Gold gegraben. Aber nur mein Vater hatte Glück damit. Wenn Sie mit Mr. Watson ins Gefängnis gehen, Mr. Holmes, sagen Sie James bitte, daß hier draußen jemand auf ihn wartet! Und jetzt entschuldigen Sie mich bitte, ich muß zurück! Mein Vater erwartet mich! Der Himmel helfe Ihnen!" Damit ging sie schnell und mit ihrem angenehmen leichten Gang nach draußen. Auf mich hatte sie in ihrer Natürlichkeit großen Eindruck gemacht. Konnte sie lügen?

„Daß Sie auf seiten des jungen Paares stehen, Holmes", räumte Lestrade nach einer Weile ein, „kann ich gut verstehen! Aber leitet Sie beide nicht ein bißchen zu sehr das Gefühl?! Wir müssen uns nun mal an die Fakten halten – und die sprechen gegen James McCarthy! Die Enttäuschung für Miß Turner ist doch unabwendbar."

„Warten wir es ab, Lestrade! Ich weiß Ihre Skepsis zu schätzen, die Sache selbst sehe ich dagegen anders. Wir beide, mein Freund und ich, müssen mit dem jungen Mann sprechen! Gibt es da Probleme?"

„Nein, wir drei können jederzeit zu ihm. Wenn sie gleich heute noch zu ihm wollen... es fährt noch ein Zug nach Hereford."

„Kommen Sie mit?"

Lestrade nickte nur stumm. Wenig später brachte ich beide zum Bahnhof. Ich hatte wenig Lust auf einen Besuch im Gefängnis. Wieder im Gasthof, wollte ich mich in einen anspruchsvollen Roman vertiefen, aber meine Gedanken kehrten immer wieder zu diesem vertrackten Fall zurück.

Den Zeitungen, die über den Fall berichtet hatten, war zu entnehmen, daß McCarthy die tödlichen Schläge auf den Hinterkopf erhalten hatte. Wie reimte sich das mit der Tatsache, daß sich Vater und Sohn beim Streit gegenübergestanden hatten? Aber war es nicht einfach so gewesen, daß sich der alte James McCarthy einmal umgedreht hatte? Und immer wieder kreisten meine Gedanken um das angeblich letzte Wort des Sterbenden! „Ratte" – wie man es auch drehte und wendete, es ergab keinen Sinn! Hätte ich diesen Ausdruck dem Delirium eines Sterbenden zugeschrieben, hätte es auf gewisse Weise Sinn ergeben. Jedoch schied gerade diese Variante völlig aus. Aufgrund einer Hinterkopfverletzung deliriert man nicht! Schwer vorstellbar auch, daß McCarthy diesen Ausdruck in polemischer, verächtlicher Schimpfwortmanier gebraucht hatte. Eher wohl wollte er seinem Sohn einen Hinweis auf den Täter geben, aber dazu war dieses eher nichtssagende, unentschlüsselbare Schimpfwort denkbar ungeeignet! Noch weniger nachvollziehbar die Sache mit dem grauen Mantel, der in der Nähe des Sterbenden im Gras gelegen hatte und dann verschwunden war. Der Mantel des Mörders? Allerdings hätte das bedeutet, daß der Mörder über eine geradezu unbeschreibliche Kaltblütigkeit verfügte. Denn wenn es so war, wie der junge McCarthy uns berichtet hatte, mußte der Mörder sich ein zweites Mal – bis auf wenige Meter – dem Tatort genähert haben!

Ich tappte wie im Kreis mit meinen Gedanken, und schließlich gab ich es auf, darüber nachzudenken. Ich hoffte aber immer noch, daß Holmes recht behielt. Hoffentlich war sein Besuch bei James McCarthy ein Erfolg.

Daß sich an der Haltung von Holmes wenig geändert hatte, stellte ich nach seiner Rückkehr mit Erleichterung fest. Wie üblich, wenn er nichts preisgeben wollte, speiste er mich mit einem Satz ab.

„Merkwürdig, aber wahr... James McCarthy deckt den Täter – und bringt sich dadurch natürlich selbst in Gefahr!"

„Was ich überhaupt nicht verstehe", warf ich ein, „ist, warum der junge Mann diese Miß Turner nicht heiraten will. Ist er blind oder größenwahnsinnig? Meint er vielleicht, noch etwas Besseres zu finden?"

„Nein, nein, lieber Watson", lächelte Holmes. „Es ist viel einfacher. Er ist schon verheiratet! Und auch wiederum nicht. So verrückt, daß er in Miß Turner nicht vernarrt wäre, ist er nicht! Aber vor zwei Jahren hat er schon einmal geheiratet! Als australischer Staatsbürger kann man das bereits mit sechzehn – ohne Zustimmung der Eltern. Einer Bardame in Bristol ist er da, noch nicht ganz trocken hinter den Ohren, auf den Leim gegangen! Daher auch sein Ausflug kurz vor dem Mord. Ein Biest übrigens. Nachdem sein Fall durch alle Zeitungen gegangen war, hat sie ihm geschrieben, daß sie seit drei Jahren bereits verheiratet ist. Mit einem Mörder wollte sie nichts mehr zu tun haben. Natürlich ist die Ehe dadurch ungültig, beziehungsweise unter juristischen Aspekten gar nicht zustande gekommen. Aber ich habe Zweifel, ob ihm das klar ist! Als er noch der Meinung war, verheiratet zu sein, drängte ihn sein Vater, Miß Turner zu heiraten, was er gerne getan hätte, wäre es möglich gewesen.

Das, was auch sein innigster Herzenswunsch war, zu unterlassen, machte man ihm zum Vorwurf! In seiner Haut möchte ich nicht stecken. Aber sensibel und ehrenwert, wie er nun mal ist, wollte er Miß Turner da nicht mit hineinziehen! In einer ähnlichen Zwickmühle steckte er auch bei seinem letzten Gespräch mit seinem Vater, dem er ja auch keinen reinen Wein einschenken konnte!

Für mich liegen die Zusammenhänge offen. Ich bin der Ansicht, daß es so war, daß der Vater nicht wußte, daß sein Sohn schon zurückgekommen war – also hatte er sich mit einem anderen verabredet! Deshalb konnte auch der seltsame Ruf ‚*Cooee*' nicht dem Sohn gegolten haben! Wenn wir die Person finden, die sich mit McCarthy am Boscombe Pool treffen wollte, dürfte das Problem geklärt sein!"

Nun, das einzige, was am nächsten Morgen klar war, als wir aufbrachen, war der Himmel. Lestrade hatte uns abgeholt und wollte uns nach *Hatherley Farm* begleiten.

„Vielleicht ist es das letzte Mal, daß wir Mr. Turner lebend sehen“, bemerkte Lestrade hintergründig. „Mit ihm scheint es zu Ende zu gehen, falls der Arzt recht hat!“

„Sie wissen doch Näheres – oder?“ hakte ich nach.

„Also, an sich ist er mit seinen sechzig Jahren noch gar nicht so alt! Aber in den Goldminen hat er sich wohl so eine Art Staublunge geholt. Und jetzt ist der plötzliche Tod seines – wie es scheint – einzigen Freundes dazugekommen. Das muß ihn schwer getroffen haben. Wie sehr die beiden befreundet waren, ergibt sich übrigens allein daraus, daß er von McCarthy noch nicht einmal Pacht verlangt hat.“

„Und das kommt Ihnen nicht seltsam vor, Lestrade?“ brummte mein Freund. „Selbst wenn man davon ausgeht, daß sich Turner diese Großzügigkeit leisten konnte, so erscheint das Verhalten McCarthys um so befremdlicher. Immerhin hat er nicht nur von der Gratispacht profitiert, nein, er hat zudem noch auf die Heirat zwischen seinem Sohn und der Tochter Turners gedrängt. Sie ist sein einziges Kind, also die Alleinerbin. Ich finde die Selbstverständlichkeit, mit der der alte McCarthy seinen Freund ausnützte, seltsam.“

„Na und, Holmes?! Was hätte denn der alte McCarthy noch vom Erbe gehabt, das seinem Sohn bei der Heirat mit Miß Turner zufallen würde? Land hatte er genug. Könnte es nicht so sein, daß der alte James McCarthy – neben Miß Turner vielleicht – der einzige war, der wußte, was für die beiden jungen Leute das richtige war?! Wer die Tatsachen nüchtern prüft und sich nicht in Spekulationen ergeht, wird kaum zu einer anderen Folgerung kommen können...“

„Wir werden sehen...“ resümierte mein Freund lächelnd. „Sind wir schon da?“

So war es! *Hatherley Farm* lag unmittelbar vor uns. Wir stiegen aus und gingen zum Haus. Die Tür des großen, efeuumrankten Gebäudes wurde uns vom Hausmädchen geöffnet.

Im Gebäude selbst war die Trauer, die der Todesfall ausgelöst hatte, geradezu körperlich zu spüren. Nur Holmes ließ sich davon nicht beeindrucken. Mit der Akribie, die schon fast sprichwörtlich für ihn war, nahm er zuerst die Stiefel des Toten unter die Lupe, dann verschiedene Schuhe des jungen McCarthy. Schon zehn Minuten später waren wir wieder draußen und auf dem Weg zum Boscombe Pool!

Völlig in sich versunken und hoch konzentriert, wandelte der große Meister vor uns her. Ich mußte zwar ein wenig grinsen, aber ich wußte auch, daß jeder Versuch, ihn anzusprechen, jetzt vergeblich gewesen wäre. Nur indirekt ließ er uns spüren, was ihn beschäftigte: Spuren.

Auf dem Pfad, am Wegrand, auf der angrenzenden Wiese spürte er verbissen jedem Detail nach. Schließlich hatten wir den Weiher an der Grundstücksgrenze zwischen *Hatherley Farm* und Turners Park erreicht. Am Tatort angelangt, verdüsterte sich Holmes' Miene.

„Wie eine Büffelherde!" fauchte er. „Trampeltiere!" Ganz grau im Gesicht war er und maßlos erbost über die Anzahl von Fußspuren dort. Und doch war an seinen Augen abzulesen, daß er gelegentlich etwas fand. Eine Weile folgte er einem Spurenpaar, bei dem der linke Schuh immer nach rechts gekippt schien. Erst kurz bevor er Gefahr lief, im Schilf zu versinken, kehrte er um und wandte sich an Lestrade:

„Waren Sie angeln, oder was haben Sie hier gemacht?"

Lestrade hatte Mühe, seine Pfeife noch aufzufangen, die ihm vor Schreck aus dem Mund gefallen war:

„Was ... Warum??? Also, ich hab' im Schilf nach der Waffe gesucht!"

„Ruhig Blut, Inspektor!“ ermahnte ihn Holmes, wie immer, wenn er Oberwasser bekam, leicht amüsiert. „Daß Ihr linker Fuß aufgrund seines Rechtsdralls leicht zu erkennen ist, müßten Sie doch eigentlich wissen? Viel interessanter sind freilich die Spuren der drei anderen! Vom jungen McCarthy habe ich gleich drei Varianten: Hin und zurück – das deckt sich mit seinen Aussagen. Und da, nur an den Schuhspitzen erkennbar, lief er. Das war, als er seinen Vater am Boden liegen sah! Noch leichter zu erkennen sind die Spuren seines Vaters, der – nervös – auf seinen Gesprächspartner wartete und hin und her marschierte! Ein Abdruck des Gewehrs, auf das sich der Sohn stützte, als er seinem Vater zuhörte, findet sich übrigens auch. Und schließlich sind da noch Stiefelspuren geradezu monströser Art. Das war wohl der Mörder! Zweimal, sehen Sie hier, zwischen dem Boscombe Pool und dem Wald, in beiden Richtungen und leicht hinkend. Wenn der Mörder tatsächlich etwas vergessen hatte und es später noch geholt hat, geht auch diese Mutmaßung auf!“

Mit diesen Worten machte sich Holmes zum Wald auf. Lestrade und ich blieben zurück. Der Inspektor sah angestrengt geradeaus. Und auch mir fiel zunächst kein Gesprächsthema ein. Plötzlich fragte Lestrade: „Wie macht er das eigentlich?“

„Ich weiß es nicht“, gab ich ehrlich zu. „Ich weiß es nicht, aber vielleicht liegt es an der Art, wie er etwas betrachtet. Ich denke, er läßt sich nicht so vorschnell auf Schlüsse ein, und er hält nichts für unmöglich. Vielleicht weiß er aber auch einfach mehr über die menschliche Natur und wozu sie fähig ist.“

Lestrade sah mich einen Moment völlig verwirrt an, dann brummelte er irgend etwas, das recht unwillig klang. Er wollte gerade zu einer Antwort ansetzen, als Holmes zurückkam.

„Ist das da drüben das Pförtnerhaus?“

Lestrade – in Vorahnung einer erneuten Niederlage – nickte blaß und mit zusammengekniffenen Lippen. Holmes machte sich allein auf den Weg.

Bereits zehn Minuten später war er wieder da, und gemeinsam fuhren wir nun in Richtung Ross.

„Da drinnen, Lestrade“, Holmes deutete auf einen Beutel, „ist die Mordwaffe! Es ist ein Stein! Dem Moos nach zu urteilen, lag er erst einige Tage dort. Die Form deckt sich übrigens völlig mit den Verletzungen am Kopf McCarthys. Wie der Mörder ausschaut, weiß ich jetzt auch. Er ist groß von Gestalt, trägt einen grauen Mantel, und die Schuhgröße seiner Jagdstiefel ist 49. Außerdem raucht er seine Zigarren mit Spitze und hat ein stumpfes Federmesser im Mantel. Ich müßte mich täuschen, wenn seine linken Finger nicht gelb wären, wie das bei rauchenden Linkshändern so üblich ist.“

„Und sein Schlips hat auch eine Linkswindung?“ Lestrade war nach Strich und Faden geschlagen.

„In gewisser Weise verstehe ich ja, daß Sie verschnupft sind, Lestrade. Aber wieviel schlimmer wäre es wohl gewesen, wenn ich nicht gekommen wäre und Sie den Falschen an den Galgen gebracht hätten? Ein bißchen mehr Fairneß, auch mir gegenüber, stünde Ihnen gut zu Gesicht. Lassen Sie mir noch

zwei, drei Stunden Zeit, dann übergebe ich Ihnen den gelösten Fall und fahre zurück nach London. Bis dann, mein Lieber!"

Mit kühler Freundlichkeit öffnete Holmes die Wagentür, denn wir waren an Lestrades Hotel angekommen. Nach dem Mittagessen in unserem Gasthof zogen wir uns auf unser Zimmer zurück – und zogen Bilanz.

„Eigentlich, Watson, habe ich alle Mosaiksteinchen beisammen!" begann Holmes – äußerst zurückhaltend – die Diskussion. „Aber wenn ich etwas übersehen haben sollte, bitte ich dich um Einspruch! Das Stichwort, das mich schon am Anfang für James McCarthy einnahm, war ‚*Cooee*'. Der Sohn konnte – den Umständen nach – nicht damit gemeint sein! ‚*Cooee*' ist ja kein Familiengeheimnis, sondern einer der in Australien üblichsten Verständigungsrufe! Schlußfolgerung: Der Mann, mit dem McCarthy sich verabredet hatte, ist oder war Australier! Damit hatte sich der Täterkreis radikal reduziert. Offen blieb also nur noch die Frage, was der Ermordete mit ‚*Ratte*' meinte! Wenig wahrscheinlich war, daß er das wörtlich meinte. Möglich schien mir auch, daß der Sohn nur einen Teil dieser Botschaft mitbekommen hat. Und so gesehen, lieber Freund, kam ich der Sache eigentlich schnell auf den Grund. In Victoria, dem australischen Bezirk, wo sowohl McCarthy wie Turner jahrzehntelang gelebt haben, gibt es einen kleinen Ort namens Kangarat, benannt nach einer kleinen Känguruh-Sorte, die offensichtlich nicht sehr beliebt ist. Es liegt auf der Hand, daß der Sohn nur noch die letzte Silbe dieses gestöhnten Ortsnamens mitbekommen hat. Und das war es dann auch schon. Der Täter ist Australier, kommt aus Kangarat – und trägt, entsprechendes Wetter vorausgesetzt, einen grauen Mantel. Ein paar weitere Details kennen wir überdies auch schon. Er hinkt, wie sich aus seinen Spuren eindeutig ergibt, und daß er Linkshänder ist, zeigen die tödlichen Kopfverletzungen McCarthys unmißverständlich. Ein Linkshänder erschlug ihn von hinten, das steht zweifelsfrei fest! Ich kenne sogar seine Zigarrenmarke, zumindest die, die er rauchte, als er hinter der Buche stand und Vater und Sohn beim Streit belauschte. Den Stummel findest du bei den Beweismitteln. Im Mund hat er ihn jedoch nicht gehabt – also raucht er mit Spitze. Drei Methoden gibt's bekanntlich, um eine Zigarre zu präparieren: Den Winkelschnitt mit dem Zigarrenschneider – das kultivierte Verfahren; abbeißen und ausspucken – die Cowboy-Methode; oder die Gurken-Methode, dabei wird die Spitze einfach abgeschnitten – in diesem Fall mit einem nicht allzu scharfen Federmesser. Genauer geht es nicht mehr! Da kann mich Lestrade noch so oft und noch so wütend beschimpfen – mir ist es recht, daß ich mit meiner Methode Erfolg habe!"

Kaum hatte ich diese geballte Ladung kriminalistischer Brillanz halbwegs verdaut, als uns der Hausdiener störte.

„Mr. Turner wünscht Sie zu sprechen, Sir! Darf ich ihn hereinführen?"

Er durfte. Herein kam ein älterer Mann von beeindruckender und zugleich widersprüchlicher Statur. Ich weiß nicht recht, was mich an diesem Mann faszinierte und gleichzeitig abstieß. Waren es die gegerbten, an einen Wildwesthelden erinnernden Gesichtszüge? Die buschigen und markanten Augenbrauen, die eine herrische Persönlichkeit signalisierten? Oder der nur noch matte Glanz seiner Augen, die – zog man auch noch die schlaffgewordenen Mundwinkel in Betracht – von etlichen Niederlagen und Lebenszweifeln kündeten? Auch seine Gestalt war voller Widersprüche. Einerseits war er großgewachsen und hatte breite Schultern. Er war

an harte körperliche Arbeit wohl ebenso gewohnt wie an die notfalls physische Durchsetzung von Macht. Und dann hatte er Arme, aus denen die Kraft entschwunden schien, die kraftlos an den Schultern baumelten, einen mühsam nachgezogenen Fuß ... Ich kam aus dem Staunen kaum mehr heraus und mit dem Verarbeiten der widersprüchlichen Eindrücke kaum mehr nach!

„Nehmen Sie bitte Platz, Mr. Turner!“ forderte ihn mein Freund ebenso sanft wie nachdrücklich auf.

„Offensichtlich haben Sie meine Mitteilung erhalten?“

„Ja, Mr. Holmes! Was freilich nicht heißt, daß ich ihren Inhalt verstanden habe! Um ‚einen Skandal zu vermeiden‘, wie Sie schreiben, bin ich Ihrer Bitte gefolgt und hergekommen! Darf ich erfahren, was Sie damit andeuten wollten?“

„Auf jeden Fall wollte ich Mißverständnisse bei den Leuten hier vermeiden! Die Gerüchteküche in diesem kleinen Nest hätte zuviel Nachschub erhalten, wenn ich Sie in Ihrem Haus aufgesucht hätte! Mein Thema ist – das werden Sie sich denken können – James McCarthy! Ich weiß alles. Ersparen Sie mir daher Ablenkungsmanöver, welcher Art auch immer!“

Offensichtlich hatte Turner geahnt, was da auf ihn zukommen würde, sonst hätte ihn dieser kleine Seitenhieb sicher nicht so getroffen. Im Sessel sackte er noch ein Stück mehr in sich zusammen.

„Nun gut!“ begann er dann stockend und leise. „Dem Jungen wär’ nichts passiert. Wäre er in Gefahr gewesen, hätte ich rechtzeitig vor Gericht gebeichtet! Was mit ihm passiert, tut mir selbst weh. Ich kenne ihn praktisch seit seiner Geburt. Er kommt da wieder raus – und zwar bald. Schon längst hätte ich seinetwegen reinen Tisch gemacht, wenn ... aber meine Tochter. Wenn sie erfährt, daß ihr Vater ...“

„Das muß nicht sein, Mr. Turner! Meine Bemerkung mit der ‚Skandalvermeidung' war auch so zu verstehen! Ich bin weder Vertreter der Justiz noch der Polizei, allerdings Bevollmächtigter Ihrer Tochter! Nur die Interessen dieser zauberhaften jungen Dame bestimmen mein Verhalten. Indirekt schließt das auch die Interessen des jungen McCarthy ein. Aber selbst wenn es anders wäre... James McCarthy muß aus dem Gefängnis raus – und zwar sofort!"

„Entspricht auch ganz meinem Herzenswunsch, Mr. Holmes. Aber ich möchte zu Hause und nicht da sterben, wo wir den Jungen, hoffentlich gemeinsam, herausholen! Mein Arzt gibt mir gerade noch einen Monat!"

„Gut, Mr. Turner! Ich bin, wie Sie sicher bemerkt haben, nicht der irdische Vertreter irgendeines himmlischen Racheengels. Ich habe mir auch schon längst einen Weg überlegt, mit dem alle Beteiligten leben könnten... Ihre Aussage wird protokolliert, mein Freund Watson ist Zeuge! Nur wenn es nicht anders geht, werden wir Ihr Geständnis dem Gericht vorlegen. Andernfalls bleibt das Schreiben in meinem Safe, also an der verschwiegensten Stelle ganz Englands. Einverstanden?"

Bei diesen Worten blitzte in Turners Augen das erste Mal so etwas wie Erleichterung auf. Er straffte sich. „Gut, abgemacht! Ganz ungewollt, Mr. Holmes, schlittern Sie jetzt auch noch in die Rolle eines Beichtvaters. Wenn ich vor meinen letzten Richter trete – demnächst –, dann soll alles, was mich belastet – und das ist auch ganz wörtlich zu verstehen –, bereits gesagt sein! Die Hölle freilich habe ich schon hinter mir! Seit zwanzig Jahren habe ich sie durchlitten, und dabei hat McCarthy die Rolle des Teufels gespielt.

Gemeinsam haben wir, das wissen Sie, in Australien nach

Gold gegraben. Gefunden habe ich wenig. Ich kam in schlechte Gesellschaft und begann zu trinken. Skrupel gibt es in den Kreisen ja nicht. Und so machte ich Karriere als – nun ja, hier würde man das wohl Straßenräuber nennen. Von Kangarat in die nächste Großstadt, Melbourne, führt nur eine Straße, ein Nadelöhr, wenn Sie so wollen, für fahrende Händler und die wenigen *Digger,* die auf Gold gestoßen waren. Mit wenig Aufwand konnte man da eine Menge Geld erbeuten. Hin und wieder haben wir auch eine Bahnstation oder eine Bankfiliale erleichtert! Meine Bande, einen Haufen verrückter Desperados, nannte man nach mir. Und mein Künstlername, wenn Sie so wollen, war wiederum der gleiche wie der des miesen Kaffs mit den *claims:* Kangarat! So ganz unberechtigt, wenn auch ziemlich beleidigend, war das übrigens nicht. Wir waren genauso schnell, genauso unberechenbar wie diese Viecher – und die Polizei hatte nie auch nur den Hauch einer Chance gegen uns. Nur einmal haben wir uns übernommen, als wir einen Goldtransport mit militärischem Begleitschutz überfallen wollten. Vier der Uniformierten haben wir aus den Sätteln geholt, drei von uns blieben aber auch auf der Strecke! Und den Kutscher habe ich mit dem Knauf meiner Pistole leider nur zeitweilig ins Jenseits geschickt. Es war McCarthy!

Vor Melbourne haben wir dann die Beute geteilt. Mit meinem Anteil habe ich mich nach England eingeschifft – in der Hoffnung, damit auch meine verruchte Vergangenheit hinter mir zu lassen. Zunächst ging auch alles gut, ich habe geheiratet, Alice kam zur Welt... Dann starb meine Frau. Und dann tauchte – als sei das alles noch nicht genug – auf einmal McCarthy wieder auf! Ich wollte aufs Land, endlich, endgültig alles hinter mir lassen, noch ein paar Jahre Ruhestand genießen – doch er wollte einen Teil davon! So kam es zu der Pachtkonstruktion, die Ihnen bekannt ist!

Nun, mit einem Teil hätte ich mich ja abgefunden, aber McCarthy wollte mehr! Er wollte alles – auf dem Umweg über seinen Sohn! James ist ein feiner Kerl – und grundsätzlich spricht nichts gegen eine Verbindung mit meiner Tochter. Nur ging ja alles vom Vater aus, der sich da, über den Sohn, auf erpresserische Weise noch weiter bereichern wollte. James selbst war, was meine Tochter betrifft, sehr zurückhaltend. Aus meiner Sicht hat ihm das übrigens nicht geschadet. Eher hätte er meinem Kind mehr den Hof machen können, verdient hat sie's ja, mein Gott! Ob man das als Vater immer richtig sieht, lasse ich mal dahingestellt. Ganz sicher ist da immer auch ein Stück Angst dabei, etwas Liebes und Wichtiges zu verlieren. So ungefähr habe ich das gesehen, und das zwischen uns vereinbarte Gespräch am Teich, an unserer Grundstücksgrenze, bot eine gute Gelegenheit dazu.

Anstatt aber einen Vorschlag machen zu können, mit dem uns beiden zu leben möglich gewesen wäre, wurde ich erst einmal und erneut Zeuge seines Charakters. Von der Buche aus sah ich, wie er seinen Sohn beschimpfte und ihn aufforderte, meine Tochter zu heiraten. Meine Tochter!!! Für ihn war sie nur so eine Art Schachfigur, über die er meinte beliebig verfügen zu können. Nicht im Interesse seines Sohnes, nicht im Interesse meines Kindes – nur aus Gründen der Geldgier! Als ob er sich nicht schon genug von mir erpreßt gehabt hätte.

Als sein Sohn dann verschwand, habe ich ihn erschlagen. Die einzige Möglichkeit, so schien es mir in diesem Moment, um mich aus dieser tödlichen Umklammerung, aus dieser Falle, zu befreien! Was, was hatte ich denn noch zu verlieren?

Durch den Schrei seines sterbenden Vaters alarmiert, eilte

James dann zurück. Ich übrigens auch, freilich nur, um meinen Mantel zu holen! Das, wenn ich nichts vergessen habe, Mr. Holmes, war die Wahrheit."

„Und die ist manchmal ziemlich grausam! Kritik oder Verurteilung haben Sie von mir übrigens nicht zu erwarten, Mr. Turner", sagte Holmes, ganz sanft. Dann reichte er dem alten, gebrochenen Mann das von mir mitgeschriebene Protokoll zur Unterschrift. „Nicht ich bin Ihr Richter! Aber was den da drüben betrifft, dem sollten Sie ruhig etwas Vertrauen entgegenbringen!"

Zwei Wochen später kam James McCarthy frei.

Das geheimnisvolle Verschwinden der Lady Frances Carfax

Manchmal hatte er schon einen seltsamen Humor – mein Freund Holmes. Erst auf Umwegen kam man dann oft dem Grund für seine hintergründige Komik auf die Spur.

Eines Abends kehrte ich in unsere gemeinsame Wohnung zurück, und er begann folgende Unterhaltung:

„Es ist ein alter und, wie es scheint, unausrottbarer Irrtum, lieber Watson!“

„Wo liegt der Irrtum, und wer begeht ihn?“

„Na, du natürlich, um bei der zweiten Frage anzufangen! Zu meinen, daß der erhebliche Gewichtsverlust nach einem Dampfbad von Dauer sei, ist reichlich naiv. Dabei verlierst du ja nur Wasser, und das holt sich der Körper über den gestiegenen Durst schnell wieder."

„Also, Holmes. So dumm bin ich nun auch wieder nicht, daß ich diesen Zusammenhang nicht kennen würde! Aber wie kommst du auf Dampfbad?"

„Ganz einfach: Daß du ein heiß-kaltes Wechselbad hinter dir hast, sagt mir deine ungewöhnlich rosige Gesichtsfarbe. Außerdem hast du ganz glatte, straffe Haut. Und wärst du in der Sauna gewesen, hätte deine Farbe einen stärkeren Stich ins Rote – wegen der dort viel höheren Temperaturen. Nicht zuletzt würde dich ein Hauch Menthol von den Aufgüssen umwehen. Woraus im Umkehrschluß folgt: Du warst im Dampfbad! Und das ist auch viel gesünder: Der Dampf aktiviert die Atmungsorgane, und überhaupt ist Wasser das Beste, was man seiner Haut antun kann. Apropos Atmung: Was hältst du von einer Luftveränderung, einem Aufenthalt in der schönen Schweiz?"

„Blendende Idee", sagte ich.

„Prima! Es ist natürlich mit Arbeit verbunden, aber in Lausanne wird selbst die zum reinsten Vergnügen. Alles ‚first class' und auf meine Rechnung!"

„Spann mich nicht länger auf die Folter." Nun war ich neugierig. „Worum geht's?"

„Um den Verbleib einer Frau. Seit Jahren zieht sie durch Europa, das heißt von einem Hotel zum anderen. Geld spielt dabei keine Rolle, davon hat sie genug. Und das ist wohl auch der kritische Punkt dabei: Eine alleinstehende, vermögende Frau zieht geradezu zwangsläufig zwielichtige Gestalten an! Zum einen und hauptsächlich lockt da natürlich das leicht abzusahnende Geld! Aber auch gut möglich, daß sie einem Mitgiftjäger ins Netz gegangen ist. Die gehen bekanntlich gleich aufs Ganze und nehmen notgedrungen auch eine Ehe in Kauf...! Was aber auch immer passiert sein mag: Lady Frances Carfax ist jedenfalls verschwunden. Ob auf ihren eigenen Wunsch oder gezwungenermaßen, weiß ich noch nicht. Das – neben ihrem Aufenthaltsort – herauszufinden ist deine Aufgabe."

„Bin bereit! Aber du weißt doch sicher noch mehr?!"

„Klar, mein lieber Watson", sagte Holmes und lehnte sich bequem zurück. „Lady Frances ist die letzte der Ruftons – uralter, gräflicher Adel mit nahezu unüberschaubaren Ländereien! Den gesamten Grundbesitz hat allerdings ein Sproß aus einem Seitenzweig geerbt. Lady Frances blieben nur ein relativ bescheidener Geldbetrag sowie – als laufende Einnahmequelle – Zinserträge aus verschiedenen Wertpapierdepots. Darüber hinaus erhielt sie den wertvollen altspanischen, mit Diamanten besetzten Silberschmuck. – Nur recht und billig bei einer so schönen Frau."

Holmes sah mich vielsagend an.

Ich tat sehr gelassen: „Schön und gut – soll ich jetzt in der Schweiz nach einer schönen Frau mittleren Alters suchen? Davon gibt's wahrscheinlich dort noch ein paar...!"

„Stimmt, aber wir haben ja auch noch weitere Hinweise." Holmes war jetzt ganz bei der Sache. „Nur ihr jetziger Wohnort ist unbekannt. Über Jahre hinweg hat sie regelmäßig mit ihrer alten Erzieherin, die in Camberwell wohnt, korrespondiert. Jedoch seit fünf Wochen gibt's kein Lebenszeichen mehr von ihr! Von ihrer Familie habe ich nun den Auftrag, sie ausfindig zu machen. Geld spielt dabei keine Rolle!"

„Sonst keinerlei Kontaktpersonen in England – ihre Familie zum Beispiel, der sie auf einmal so viel wert ist?!"

„Gute Frage, mein Bester. Von der Seite her habe ich's

noch gar nicht betrachtet. Der Familie hat sie nämlich schon seit Jahren kein persönliches Wort mehr geschrieben! Nur bei der Bank hat sie sich noch gemeldet – zwangsläufig. Über die Kontoauszüge, die ich dort eingesehen habe, lassen sich ihre Spuren jahrelang zurückverfolgen. Ihr letzter Scheck wurde vom Hotel National in Lausanne eingelöst. Danach erfolgte nur noch eine Überweisung auf das Konto einer Miß Marie Devine bei der Crédit Lyonnais in Montpellier – 300 Pfund. Miß Devine war die Privatsekretärin und rechte Hand von Lady Carfax. Vielleicht hilft es uns weiter, wenn du herausfindest, was der Grund für die Überweisung war. Es könnte möglicherweise mit ihrer überraschenden Kündigung bei Lady Frances in Zusammenhang stehen!"

„Möglich!" gab ich zu. „Und was ist deine Aufgabe dabei?"

„... ist eine rein beobachtende. Ich muß in London bleiben, denn ich bin in einen Fall verwickelt, der meine Anwesenheit fordert. Und daß Scotland Yard Trauerbeflaggung anordnet, weil man meiner Hilfe entsagen muß, möchte ich vermeiden", schloß er augenzwinkernd. Spaß muß sein, aber manchmal war ich nicht sicher, wie ernst Holmes solche Bemerkungen meinte. Eines freilich wußte ich sicher: Daß er eitel war. Also grinste ich ein bißchen, und schließlich bot er mir an, daß ich jederzeit – telefonisch oder telegraphisch – seinen Rat einholen könne!

Schon zwei Tage darauf nahm ich Quartier im Hotel National in Lausanne. Von Monsieur Moser, dem Direktor des Hotels, erfuhr ich Näheres über Lady Frances. In jeder Hinsicht sei sie ein angenehmer Gast gewesen, zog er Bilanz. Von allen Mitarbeitern habe er nur Gutes über sie gehört, dies sei auch sein persönlicher Eindruck. Auch sei es nicht zu übersehen gewesen, daß sie für ihr Alter eine ausgesprochen anziehende Erscheinung war. Etwa vier Wochen habe sie im National gewohnt, und da sie sich sichtlich wohl fühlte, hatte man insgeheim damit gerechnet, daß sie mindestens bis zum Jahresende bleiben würde. Um so überraschender kam dann für ihn ihr Entschluß, von einem Tag auf den anderen abzureisen. Den altspanischen Schmuck, den sie Holmes zufolge geerbt hatte, hatte Monsieur Moser nie gesehen. Möglich aber, daß er in dem großen Koffer aufbewahrt wurde, den sie immer wie ihren Augapfel gehütet hatte. Und Monsieur Moser wußte noch etwas: Zwischen Marie Devine, der allseits beliebten rechten Hand von Lady Frances, und dem Oberkellner hatte sich eine Liebesbeziehung entwickelt! Offiziell waren die beiden verlobt. Ihre Adresse lautete: Montpellier, Rue de Trajan Nr. 11.

Es war nun Jules Vibart, Marie Devines Verlobter, der mir als erster eine mögliche Erklärung für die plötzliche Abreise von Lady Frances geben konnte: Daran müsse der wilde Engländer schuld gewesen sein, der urplötzlich aufgetaucht sei – ein dunkelhäutiger Mann mit Bart und einem insgesamt recht ungepflegten Äußeren – „wild“ sei der passendste Ausdruck für ihn. Auf der Seepromenade war er beobachtet worden, wie er heftig gestikulierend auf Lady Frances eingeredet hatte! Verstanden hatte man zwar nichts, aber daß es sich um einen Engländer handelte, hatten die Erkundigungen in anderen Hotels und Pensionen schließlich ergeben. Lady Frances sei unmittelbar darauf abgereist – Anlaß und Wirkung lägen doch klar auf der Hand.

Nur über die Hintergründe von Marie Devines Kündigung wollte Vibart nichts sagen. Das sei Sache der beiden Frauen gewesen und ginge ihn nichts an! Aber selbstverständlich stehe es mir frei, seine Verlobte in Montpellier darauf anzusprechen.

Dies war alles, was ich in Lausanne ermittelt hatte und ermitteln konnte. Viel war es zwar nicht, aber immerhin ein Anfang. Nun ging es darum, die Orte ausfindig zu machen, an denen Lady Frances nach ihrem plötzlichen Verschwinden Station gemacht hatte! Doch schon bald mußte ich feststellen, daß die Dame es möglichen Verfolgern – also auch mir – offensichtlich schwermachte! Nicht einmal dem Reisebüro hatte sie ihr nächstes Reiseziel offenbart! Ihre Buchung nach Friedrichshafen am Bodensee erwies sich als Finte. Ich telefonierte stundenlang, aber in keinem der dortigen Hotels war sie abgestiegen.

Und noch verwirrender war der Weg ihres Gepäcks, das ich schließlich in München fand. Das heißt – da war es nicht mehr. Nach langwierigen und durch das Reisebüro nur widerwillig unterstützten Recherchen, gelang es mir aber schließlich doch, die Stadt ausfindig zu machen, in der Lady Frances und ihr Gepäck über verschiedene Umwege gelandet waren: Baden-Baden.

War es Zufall oder ein besonders raffiniert eingefädelter Plan meines Freundes? Diese klassische deutsche Kurmetropole am nördlichen Rand des Schwarzwaldes bot wirklich alles, was ich mir für meine Gesundheit nur wünschen konnte: Herrliche Parks, eine Spielbank, Entschlackungsprogramme, vor allem aber, worauf der Name ja schon hinwies, eine reichhaltige Palette von Badetherapien. Und neben dem ebenso umfangreichen wie attraktiven Kulturangebot konnte man auf sorgfältig ausgeschilderten Wegen ausgedehnte Wanderungen mitten in den Schwarzwald hinein unternehmen. Auch das Glottertal, der Titisee und die Schwarzwaldhochstraße waren nicht weit! Doch leider sollte sich herausstellen, daß sich für mich keine Gelegenheit bot, von diesen reizvollen Möglichkeiten Gebrauch zu machen: Mein Auftrag hatte Vorrang, und Arbeit gab's genug.

Telegrafisch hatte ich Holmes über meine wesentlichsten Ermittlungen und meinen Aufenthaltsort informiert und hatte seine Antwort auch postwendend erhalten: ein ebenso launiges wie lobendes Telegramm – nicht mehr. Ich war einigermaßen enttäuscht, machte aber auf eigene Faust weiter.

Herauszufinden, wo sich Lady Carfax aufgehalten hatte, machte mir wenig Mühe. Zwei Wochen hatte sie im Badischen Hof logiert, dem besten Haus am Platze, so stand es jedenfalls im Prospekt. In dieser Zeit hatte sie dort die Bekanntschaft eines Dr. Shlessinger gemacht, der mit seiner Frau im gleichen Hotel wohnte und sich wohl von den Strapazen eines längeren Aufenthaltes in Südamerika erholte, wo er jahrelang als Missionar tätig gewesen war.

Wie es schien, hatte sich Lady Carfax sehr für die Religion interessiert und hatte tagelang auf der Terrasse des Hotels gesessen und – wie mir die Kellner, durch großzügige Trinkgelder dazu ermuntert, berichteten – dort den Erzählungen und Bibel-Interpretationen des Missionars gelauscht. Als sich der gesundheitliche Zustand von Dr. Shlessinger schließlich gebessert hatte, war er mit seiner Frau und Lady Carfax nach London abgereist. Bis dahin klang das wie eine sehr banale Geschichte. Hellhörig wurde ich erst, als ich erfuhr, daß der Missionar die Hotelrechnung aller Beteiligten beglichen hatte!

Kurz vor der Abreise mußte es dann erhebliche Unstimmigkeiten zwischen Lady Carfax und Marie Devine gegeben haben. Denn in einer tränenreichen Szene hatte das Mädchen dem Personal gegenüber geäußert, daß es gekündigt habe und nach Montpellier fahre. Über die Hintergründe der Trennung hatte sie aber nichts verlauten lassen.

Der Direktor des Hotels, den ich ebenfalls befragte, zeigte sich wegen meiner Neugier keinesfalls überrascht:

„Viele scheinen sich für unseren Gast zu interessieren! Drei Wochen ist das nun alles her, Dr. Watson, aber erst vor einer Woche habe ich einem anderen Engländer die gleichen Fragen beantwortet!"

„Sein Name? Hat er sich denn vorgestellt?" fragte ich verblüfft.

„Nein, zumindest habe ich ihn nicht richtig verstanden! Ein seltsames Individuum übrigens – mit wildem, ungepflegtem Bart, braungebrannter Haut und reichlich rustikalen Manieren! Ich mußte Angst haben, daß er tätlich würde, wenn ich ihm nicht Auskunft gegeben hätte!"

Lady Carfax hatte ich zwar immer noch nicht leibhaftig kennengelernt, aber immerhin lichtete sich langsam der Nebel, der diesen Fall für mich lange Zeit so undurchschaubar gemacht hatte: Ganz offensichtlich hatte Lady Frances Angst und befand sich auf der Flucht! Denn daß sie verfolgt wurde, war nun ebenso klar wie, von wem.

Nun war höchste Eile angesagt! Wenn der bärtige Unbekannte sie nämlich vor mir ausfindig machen würde, war Lady Carfax möglicherweise in Lebensgefahr. Wenig wahrscheinlich schien es nach meiner Einschätzung, daß der Missionar und seine Frau sie vor einem zu allem Entschlossenen wirkungsvoll beschützen konnten. Der Wettlauf mit der Zeit hatte also begonnen! Was aber war wohl das Motiv des Verfolgers? War es Geld, war es Rachsucht – war es gar Mordgier? Ich mußte es herausfinden. Ich mußte den Bärtigen abfangen und Lady Carfax aus der unmittelbaren Gefahr befreien!

Ich telegrafierte Holmes und beschrieb ihm den Ermittlungsstand. Doch als ich sein Antworttelegramm in Händen hielt, hätte ich ihn am liebsten geohrfeigt. Mit keinem Wort ging er auf mein Schreiben ein, statt dessen stand da: „Schicke mir bitte Beschreibung von Dr. Shlessingers linkem Ohr."

Und am nächsten Morgen machte ich mich auf den Weg nach Montpellier ...

Marie Devines Adresse hatte mir ja ihr Verlobter gegeben. In gelöster Stimmung, offensichtlich bedingt durch die bevorstehende Hochzeit, beantwortete sie meine Fragen. Ja, es habe am Schluß in der Tat Differenzen mit Lady Carfax gegeben, aber das sei längst vergessen. In Baden-Baden habe die Lady zunehmend Anzeichen von Gereiztheit gezeigt – und an ihr ausgelassen. Möglicherweise habe das auch daran gelegen, daß mehrfach kleinere Geldbeträge verschwunden waren, woraufhin sie in Verdacht geraten sei – eine empörende Unterstellung. Dennoch hatte das alles auch sein Gutes – dadurch sei ihr nämlich die Kündigung leichter gefallen, zumal sie Lady Carfax bei dem Missionarsehepaar in guten Händen wußte!

Letztlich ausschlaggebend für die Trennung sei aber die geplante Hochzeit mit Monsieur Vibart gewesen. Dankbar erzählte sie auch, daß ihr Lady Frances nach der Kündigung noch 300 Pfund aufs Konto überwiesen hatte.

So weit, so gut: Und dann fragte ich sie nach dem ungehobelten Verfolger der Lady. Marie Devine erschrak sichtlich: Nur einmal habe sie den gesehen, aber das reiche ihr völlig!

Auf der Seepromenade in Lausanne habe er die Lady in eine heftige Auseinandersetzung verwickelt und ihr dabei fast das Handgelenk gebrochen. Ein schrecklicher Mensch sei das! Und gut möglich, daß er auch der Anstoß für ihre Gereiztheit und ihre Flucht nach London sei.

„Mon Dieu!“ keuchte sie plötzlich, wobei sie kreidebleich wurde. „Da, da ist er! Noch nicht einmal mich läßt er in Ruhe!“ Völlig entgeistert wies sie durchs Fenster auf einen Mann, der sich lauernd und spähend auf der anderen Straßenseite bewegte.

Jetzt oder nie! dachte ich. Und wild entschlossen, diesen Spuk zu beenden, stürzte ich auf die Straße hinaus.

„Darf ich fragen, was Sie hier treiben?“ fuhr ich ihn an.

„Geht Sie einen Dreck an! Bin Ihnen keine Rechenschaft schuldig!“ fauchte er zurück.

„Wird sich noch herausstellen! Erst hetzen Sie Lady Carfax durch halb Europa – und nun ist wohl Miß Devine dran?! Wo ist Lady Carfax?“

„Suche ich doch selbst ...“

„Keine Ausreden! Was haben Sie mit ihr angestellt? Wo – ich frage zum letzten Mal – ist sie?“

„Was erlauben...?!“ Nur diesen Wortfetzen stieß der Bärtige heftig aus, dann ging er mir mit einem Würgegriff an die Gurgel! Gegen die Bärenkräfte dieses Mannes hatte ich keine Chance! Schon wurde mir schwarz vor den Augen, als – buchstäblich in letzter Sekunde – Rettung nahte! Aus dem Bistro auf der anderen Straßenseite war ein sportlich gekleideter Mann herausgesprintet und hatte meinen Gegner mit einem Handkantenschlag unter die Rippen blitzartig zum Aufgeben genötigt. Nach Luft japsend und mit vor Wut verzerrtem Gesicht stand der Bärtige noch einen Augenblick vor mir, schob mich dann brüsk zur Seite und verschwand kurz darauf im Haus von Marie Devine.

Kaum hatte ich mich vom Schock dieses Angriffs halbwegs erholt und konnte wieder frei atmen, als sich meine Augen erneut weiteten: Denn Holmes war's, der da in Sportkleidung neben mir stand!

„Na, mein Lieber!" flachste er. „Eigentlich war's ja so geplant, daß du Lady Carfax ausfindig machst und beschützt. Aber wenn du dich selbst noch nicht einmal...!"

„Daß du einem sogar die Wiedersehensfreude vermasseln mußt...!"

„Ach komm, Watson, meine Frotzeleien kennst du doch schon. Komm! Im Hotel legen wir erst einmal eine Pause ein, und abends geht's weiter nach London!"

Nach einer guten halben Stunde erfuhr ich in der Hotelbar endlich die Hintergründe seines plötzlichen Auftauchens: „Ganz London scheint ausnahmslos in Urlaub zu sein. Daher vermißt mich keiner, und da wollte ich doch einmal bei dir nach dem Rechten sehen. Und ich bin ja wohl gerade noch rechtzeitig gekommen... Weißt du übrigens, wer das war, mit dem du dich da geschlagen hast?"

„Nein", sagte ich völlig verdattert.

„Unser Kronzeuge", antwortete Holmes. „Ich habe ihn auf einen Scotch eingeladen!"

Meinte er etwa den Bärtigen, der mich fast umgebracht hatte? „Da kommt er ja schon, Watson! – Darf ich vorstellen: Mr. Philip Green – Dr. Watson, mein engster Mitarbeiter und Freund!"

„Ist's wahr, Mr. Holmes?" stammelte der Mann. „Vor noch nicht einmal einer Stunde haben wir uns... Aber Sie werden mir das sicher erklären können! Als ich Ihre Nachricht erhielt, habe ich mich natürlich sofort auf den Weg gemacht!"

Dann wandte er sich an mich, wobei er mir gleichzeitig seine rechte Pranke entgegenstreckte: „Sorry, Dr. Watson! Hinterher ist man bekanntlich immer klüger. Wir waren wohl beide nicht in Bestform! Jedenfalls bin ich nach diesen langen Wochen seelisch ziemlich am Boden, leicht reizbar, sicher auch zu unbeherrscht! – Wie, Mr. Holmes, sind Sie überhaupt auf mich gekommen?"

„Ziemlich einfach: Miß Dobney, die Ex-Erzieherin von Lady Carfax, hat mir von Ihnen erzählt. Bevor Sie nach Südafrika ausgewandert sind, hatten Sie wohl häufiger Kontakt?!"

„Ja – stimmt! Kein Wunder: Jahrelang habe ich Lady Frances den Hof gemacht, das konnte auch der guten Miß Dobney nicht verborgen bleiben! Ich bin aus jenem Holze geschnitzt, in das man ein Herz und zwei Namen ritzt, wie's in einem Lied so schön heißt. Aber einige Teile davon sind wohl nach wie vor ziemlich ungehobelt! Außerdem hatte ich in meinen jüngeren Jahren einiges auf dem Kerbholz, und das hat Lady Frances einerseits wohl irgendwie davon abgehalten, sich näher mit mir einzulassen.

Andererseits aber mag sie mich, das weiß ich, und Zufall kann's auch kaum gewesen sein, daß sie in all den Jahren, in denen ich drunten am Kap der Guten Hoffnung war und sie doch nie aufgegeben habe, keinen anderen geheiratet hat! Und heute sind die Ausgangsbedingungen sogar noch besser: Ich bin älter und wenigstens ein bißchen reifer geworden, und finanziell kann ich ihr mittlerweile eine Menge bieten! All das habe ich ihr in Lausanne eindringlich erklärt, habe sie beschworen – und es hat wohl auch gewirkt! Jedenfalls hat sie nicht mehr nein gesagt, ja allerdings auch nicht, noch nicht!

Als ich sie nun deswegen in Lausanne erneut aufsuchen

wollte, war sie bereits abgereist! Ebenso erging's mir in Baden-Baden! Nur die Adresse von Miß Devine habe ich ermitteln können! Und als mir da Dr. Watson über den Weg lief und mich mit seinen Unterstellungen provozierte, habe ich leider rotgesehen. Den Rest kennen Sie! War wohl Gedankenübertragung – jetzt sitzen wir alle hier in Montpellier und in einem Boot, wie man so sagt... Wissen Sie nun aber vielleicht, wo sich Lady Frances zur Zeit aufhält?"

„Nein, leider nicht, Mr. Green! Leider!" Holmes' Stimme hatte einen düsteren Klang, der mich aufhorchen ließ. „Wie sind Sie denn in London erreichbar?"

„Langham-Hotel! Im Zweifelsfall werden Nachrichten an mich weitergeleitet!"

„Gut! Hier ist auch meine Karte – für alle Fälle! Mein Vorschlag: Sie fahren wie wir nach London zurück, und wir bleiben in Kontakt! Ich versichere Ihnen, daß wir Himmel und Hölle in Bewegung setzen werden, um Lady Frances zu finden! Selbstverständlich erhalten Sie gegebenenfalls sofort Nachricht!"

Am späten Nachmittag des nächsten Tages waren wir wieder in London, wo uns Mrs. Hudson Steaks vorsetzte, die einfach ein Gedicht waren!

„Hervorragend!" lobte Holmes plötzlich, wobei es zunächst nicht klar war, ob sich dieser Superlativ auf das Tellergericht oder das Telegramm bezog, das er in Händen hielt. „Ein echtes Schlitzohr! Im doppelten Wortsinn! Der Badische Hof verdient Vertrauen!"

„Als Dichter hättest du keine Chancen! Aber kannst du mir verraten, was deine Worte bedeuten?"

„Tja, Watson, kann ich! Als du in Baden-Baden warst,

habe ich eine vergebliche Bitte um Auskunft an meinen besten Freund gerichtet – linkes Ohr von Dr. Shlessinger, du erinnerst dich?! Nun, das war kein Scherz, wie du wohl vermutet hast! Vorsichtshalber ging das gleiche Telegramm auch an die Direktion, und das hier ist die Antwort!“

„Geb’s ja zu, daß ich das Telegramm für eine Kostprobe deines manchmal schwarzen Humors gehalten habe – und außerdem war Shlessinger längst über alle Berge! Warum ist sein linkes Ohr denn so wichtig?“

„Weil es eindeutig seine wahre Identität enthüllt! Dr. Shlessingers Ohr beweist, daß sich Lady Carfax in den Händen eines Schlitzohrs und in höchster Gefahr befindet! In Wahrheit heißt er nämlich anders; in Australien, wo er herkommt, wurde er ‚Unheil-Petrus‘ genannt. Wie viele alleinstehende Frauen er erst um ihr Geld, dann um ihr Leben brachte, wird wohl nie jemand herausbekommen. Aber schon die bekanntgewordenen Fälle sind ein gutes halbes Dutzend! Seine Taktik ist immer dieselbe: Zuerst spricht er mit den Damen – die dafür sehr empfänglich sind – über den Sinn des Lebens, Religion und Erlösung. Und dann hat er sie soweit, daß sie ihm ihr Geld freiwillig und mit dem garantierten Gefühl geben, nur Gutes zu tun!

Seine angebliche Gattin, ihr Name ist übrigens Fraser, ist im Grunde nur die weibliche Variante seines Typs, also keinen Deut besser! Da die Vorgehensweise mancher Verbrecher in ihrer Unverwechselbarkeit und Eindeutigkeit fast einem Fingerabdruck gleicht, war es für mich leicht, die Identität der beiden festzustellen! Sein Ohr schließlich hat auch den letzten Zweifel beseitigt. Das ist übrigens das Überbleibsel einer wüsten Wirtshausschlägerei in Australien, bei der ihm sein Gegner fast das Ohr abgebissen hat!

Halten wir fest: Lady Frances befindet sich in der Gewalt eines Mörderpaares, das vor nichts zurückschreckt. Und möglicherweise lebt sie schon nicht mehr! Wenn sie aber noch am Leben ist, spricht alles dafür, daß sie – ohne die geringste Chance, mit anderen in Kontakt zu treten – irgendwo in London gefangengehalten wird. Das unübersehbare Häusermeer der Millionenstadt ist als Verbrecher-Versteck einfach ideal. Watson, ich habe kein gutes Gefühl.“ Damit schloß Holmes und sah mich ernst an.

Und Holmes sollte mit seiner Einschätzung recht behalten – zunächst zumindest.

Obwohl jedem Polizisten in ganz London eingeschärft worden war, die Augen offenzuhalten, obwohl der ganze Polizeiapparat auf Hochtouren lief, obwohl sämtlichen Polizeispitzeln der Hauptstadt Spitzenprämien versprochen worden waren – es brachte nichts ein! Nicht eine einzige verwertbare Spur kam dabei heraus! Ähnlich erging es meinem Freund mit seinem Team von Zuträgern und Informanten aus dem Verbrechermilieu – nur Fehlanzeigen! Selbst die lückenlose Beschattung von Shlessingers Komplizen-Clique führte zu nichts! Das gleiche Resultat bei der Überwachung aller Spelunken, in denen er sich hätte aufhalten können! Nichts! Als hätte der Erdboden ihn verschluckt...

Doch dann, endlich, nach einer Woche völlig vergeblicher Fahndung: In einer Pfandleihe an der Westminster Road war altspanischer Ohrschmuck versetzt worden. Zwar war es noch keineswegs sicher, daß er aus der Schatulle von Lady Frances stammte, aber zumindest bestand die Chance! Zur Sicherheit wurde dieser Verdacht für Holmes, als er sich den Lieferanten des Ohrgehänges beschreiben ließ. Es war ein korpulenter Geistlicher gewesen! Name und Adresse erwiesen sich als falsch, also konnte es unmöglich ein normaler Pfarrer gewesen sein!

Bereits zweimal hatte uns zwischenzeitlich Mr. Green besucht – seine Nervosität wuchs, was kein Wunder war, merklich von Tag zu Tag! Als er das dritte Mal – nunmehr völlig verstört – zu uns kam, informierte ihn Holmes über die neueste Entwicklung, wobei er auch die vorhandenen Risiken nicht verschwieg:

„Daß Lady Frances jetzt noch freigelassen wird, ist wenig wahrscheinlich! Aus Shlessingers Sicht wäre das eine lebensgefährliche Dummheit! Damit würde er sich ja selbst ans Messer liefern! Und daher müssen wir auch mit dem Schlimmsten rechnen! Eine Chance besteht nur, wenn wir ihn vorher erwischen – je eher, desto besser! Sagen Sie: Hat Shlessinger Sie in Lausanne gesehen?"

„Nein, wir kennen uns beide nicht! Heißt das, daß ich irgendwie mitwirken kann?"

„Ja, und dazu sind Sie unter den gegebenen Umständen am besten geeignet! Wie der Gang zum Pfandleiher zeigt, ist Shlessinger das Bargeld ausgegangen! Und an allen Fingern abzählen kann man sich, daß er bald wieder in Geldnöten ist und erneut Schmuck verkaufen wird. Bei Bessington hat er einen guten Preis erzielt, und so ist anzunehmen, daß er's da wieder versucht! Schlage vor, daß Sie sich dort auf Lauerstellung begeben und ihm unauffällig folgen, wenn er da wieder auftaucht! Wir benötigen nur seine Adresse, sonst nichts! Und bitte: Keinerlei Aktionen in eigener Regie! Bessington wird von mir unterrichtet."

Schneller als erwartet bekamen wir Green wieder zu Gesicht. Hektisch, abgehetzt, gleichzeitig aber auch triumphierend, stürzte er drei Tage später in unsere Wohnung.

„Shlessinger – wir haben ihn! Ich hab' seine Adresse!"

„Na, fein, Mr. Green!" lobte ihn Holmes. „Jetzt beruhigen Sie sich bitte, und dann berichten Sie uns der Reihe nach, was geschehen ist."

Green lief noch einige Male durchs Zimmer, dann warf er sich in den Sessel und begann: „Also, vor einer Stunde war's, da kam eine Frau in den Laden – eindeutig seine Komplizin, denn den Halsschmuck, den sie bei sich hatte und anbot, kenne ich! Lady Frances hat ihn ein paarmal getragen. Als das Geschäft abgewickelt war, ging ich ihr ganz unauffällig nach! Aber einige Häuser weiter verschwand sie schon wieder in einem Laden – einem Beerdigungsinstitut! Vor Angst vermutlich ganz grün im Gesicht, bin ich ihr auch dahinein gefolgt.

Drinnen hörte ich die Inhaberin sagen, daß sich die Liefe-rung wegen der Sonderanfertigung verzögert habe. Daß sie einen Zuhörer hatten, war den Damen aber gar nicht recht, denn ihren Dialog haben sie gleich wieder abgebrochen und mich fragend angeschaut. Ich habe mich daraufhin nach dem Preis einer im Fenster stehenden Urne erkundigt, bin dann wieder raus aus dem Laden und hab' mich in der nächsten Toreinfahrt versteckt.

Mit einer Droschke ist die Frau weitergefahren, und ich mit der nächsten hinterher! In Brixton, Poultney Square Nr. 35, war dann Endstation. Um nicht aufzufallen, bin ich erst fünfzig Meter weiter ausgestiegen und habe das Haus beobachtet. Nur in einem Zimmer brannte Licht, aber da waren Jalousien davor. Der düstere Eindruck, den das alles auf mich machte, wurde noch verstärkt, als etwa fünfzehn Minuten später ein großer schwarzer Wagen vorfuhr – ein Leichenwagen. Zwei Männer in Traueruniform haben hinten aufgemacht, einen Sarg rausgeholt und ins Haus getragen. Gleich nach ihnen wurde die Haustür wieder geschlossen... Etwas auf eigene Faust unternehmen sollte ich ja nicht, und so bin ich auf dem schnellsten Weg zu Ihnen gekommen."

„Das Beste, was Sie tun konnten, Mr. Green", lobte Holmes ihn verständnisvoll. „Ohnehin haben Sie hervorragende Arbeit geleistet. Jetzt fehlt uns nur noch ein Haftbefehl, um loslegen zu können. Schlage vor, Sie machen sich schnellstens auf den Weg zum Yard. Ich gebe Ihnen eine Notiz für Inspektor Lestrade mit."

Green nickte nur. Für Lady Frances hätte er alles getan! Und als könnte er sich nichts Schöneres vorstellen, als sich mit dem schwerfälligen Beamtenapparat Scotland Yards herumzuschlagen, riß er meinem Freund den Zettel aus der Hand, den dieser soeben geschrieben hatte, und eilte davon.

„Auf, Watson!" wandte sich Holmes dann wieder an mich. „Wir haben keine Sekunde zu verlieren. Wenn wir auf die Polizei warten, kann es schon zu spät sein."

„Es gibt zwei Erklärungsvarianten, mein lieber Watson!" fuhr er auf dem Weg zum Poultney Square fort. „Nach der einen ist sie in höchster Lebensgefahr, nach der anderen bereits tot! Irgendwie haben es die beiden geschafft, Lady Carfax zur Mitfahrt nach London zu überreden, wo wahrscheinlich bereits ein Haus angemietet worden war. Ihre religiöse Masche hatten sie da dann nicht mehr nötig: Die Lady wurde eingesperrt, ihr Schmuck beiseite geschafft und jeder Kontakt nach außen verhindert. Wie du weißt, werden die Juwelen zur Zeit verkauft, ein Vorgang, der nach Shlessingers Meinung in wenigen Wochen – und überdies ziemlich risikolos – über die Bühne gehen kann. Und Lady Frances? Sie freizulassen brächte das Gaunerpärchen wegen Kidnapping vor Gericht und wegen der früheren Untaten an den Galgen. Lady Fran-

ces auf Dauer als Gefangene zu halten ergibt für Unheil-Petrus und Konsorten erst recht keinen Sinn, denn das kostet – von der Bewachung bis zur Nahrung – nur Geld und bringt keins mehr ein. Also wird sie umgebracht!

Oder sie wurde bereits umgebracht, wie der Sarg vermuten läßt! Wenn man sie unauffällig verschwinden lassen wollte, hätte man sie irgendwo versteckt – ohne Sarg! Shlessinger wählt dagegen die auffällige, die offizielle Methode mit kirchlichem Begräbnis, Grabreden und Trauergästen: Für die Öffentlichkeit ist sie damit eines natürlichen Todes gestorben. Gleiches gilt für den Arzt, der den Totenschein ausstellen muß. Nur läßt sich ein solcher Arzt, der ja im öffentlichen Auftrag tätig ist, nicht so leicht hereinlegen, das heißt, er wird im Zweifelsfall eine Obduktion oder gerichtsmedizinische Untersuchungen anordnen. Aber wem sage ich das?“ meinte er mit einem Seitenblick auf mich.

„Und ein Mediziner als Mitwisser, Mittäter, als Komplize? Fast ausgeschlossen! Totenscheinfälschung? Das käme sofort raus – durch die Routinerückfrage der Polizei beim zuständigen Arzt! Mein Fazit: Lady Frances ist entweder an einer Krankheit gestorben oder umgebracht worden. Können wir übrigens gleich mal überprüfen! Da drüben ist das Beerdigungsinstitut. Geh doch bitte mal hinein und erkundige dich, wann die Beerdigung ist!“

Anstandslos bekam ich die Antwort, das sei morgen um acht Uhr.

„Die fühlen sich sehr sicher!“ war Holmes’ kurzer, grimmiger Kommentar. „Spricht leider alles für meine zweite Variante! Aber wer sich sicher fühlt, macht auch Fehler! Auf jeden Fall greifen wir an! Zu verlieren haben wir nichts mehr – außer Zeit!“

In diesem Augenblick hatten wir den Poultney Square erreicht, und während ich noch mit dem Aussteigen beschäftigt war, stand der durchtrainierte Holmes bereits vor der Haustür und klingelte Sturm.

„Was soll das?“ fragte die dünne Frau, die uns die Tür öffnete.

„Ich hab's eilig und dringend ist's auch: Ich möchte Dr. Shlessinger sprechen!“ fuhr Holmes sie ungehalten an.

„Kenne ich nicht, wohnt nicht hier!“ keifte die Frau zurück, wobei sie gleichzeitig versuchte, die Tür vor uns zu verschließen.

Geistesgegenwärtig machte Holmes jedoch einen Schritt nach vorn, um die Tür zu blockieren: „Dann will ich den Mann sprechen, der hier wohnt!“

„Na gut, wenn's unbedingt sein muß! Treten Sie ein! Mr. Peters kommt gleich!“

Nach anfänglichem Zögern hatte sie uns durch die Tür gelassen und in das auf der rechten Seite der Diele befindliche Wohnzimmer geführt, wo wir nur einen Augenblick allein blieben. Denn kaum hatte sie die Tür hinter sich geschlossen, als diese erneut aufging und ein korpulenter Mann mit kahlrasiertem Kopf eintrat: „Sie müssen sich in der Adresse geirrt haben, meine Herren! Aber vielleicht haben Sie in der Nachbarschaft mehr Glück!“

Die lässige, fast joviale Art, mit der er dies vortrug, stand dabei in krassem Gegensatz zu seiner eher maskenhaften Miene, aus der uns zwei kleine böse Augen anfunkelten.

„Von wegen Irrtum!“ knurrte mein Freund. „Hier irrt sich nur einer, nämlich der, der meint, einen Sherlock Holmes hinters Licht führen zu können, Dr. Shlessinger, Mr. Peters oder wie auch immer Sie sich sonst noch nennen! Mich interessiert nur eins: Was haben Sie mit Lady Carfax gemacht?"

„Lady Carfax? Behütet haben wir sie – wie unsere eigene Tochter! Ihre stolze Hotelrechnung in Baden-Baden sowie ihre Fahrkarte nach London haben wir ihr vorgestreckt! Und als Dank dafür hat sie sich am Bahnhof sofort aus dem Staub gemacht und uns nur ein paar wertlose Klunker als angebliche Sicherheit hinterlassen! Wenn Sie mir ihre Adresse verraten würden, wäre ich Ihnen sehr verbunden! Daß ich übrigens gelegentlich unter anderem Namen reise, hat harmlose Gründe und geht Sie nichts an!"

Bei so viel Dreistigkeit hatte es mir die Stimme verschlagen, aber Holmes geriet jetzt richtig in Fahrt: „Jetzt reicht's mir aber! Wo Lady Frances ist, weiß ich! Nämlich hier im Haus! Und an der Suche werden Sie mich nicht hindern!"

„Und wo ist dann der Durchsuchungsbefehl?"

„Auf den kann und muß ich momentan verzichten! Das hier reicht! Und jetzt vorwärts!"

Holmes hatte seinen Revolver gezogen und schob Peters zur Tür.

„Ruf die Polizei, Annie!" schallte seine Stimme über den Flur.

„Ihre bodenlose Unverfrorenheit treibe ich Ihnen schon noch aus, Unheil-Petrus! Wo ist der Sarg?"

„Seit wann betreiben Detektive denn Leicheninspektion?" kam die höhnische Antwort. „Da liegt nämlich eine drin!"

„Schnell, Watson!"

Holmes war mit diesen Worten über den Flur gelaufen und stürzte in den gegenüberliegenden Raum, in dem nur einige um einen Sarg gruppierte Kerzen brannten. Gleichzeitig nach einer Kerze greifend, öffnete er den Sarg. Darin lag, dem fast nur noch aus Falten bestehenden Gesicht nach zu urteilen, eine alte Frau! Völlig ausgeschlossen erschien es, daß es sich bei dieser mitleiderregenden Gestalt um Lady Carfax handelte! Und nur ich, der ich die Zusammenhänge kannte, konnte verstehen, daß Holmes, wenn auch nur für einen Augenblick, beim Anblick einer Leiche befreit lächelte!

„War wohl nix?!" tönte es da süffisant hinter uns. „Eine schlimme Sache! Auf Ihrem Konto sammelt sich einiges an, Holmes!"

„Um wen handelt es sich da?" entgegnete mein Freund völlig ungerührt.

„Eigentlich bin ich Ihnen gegenüber ja keine Rechenschaft schuldig, aber ich will mal eine Ausnahme machen: Das ist Rose Spender, vor Jahrzehnten Kindermädchen meiner Frau! Jahrelang lebte sie in einem Pflegeheim. Keiner ihrer Verwandten hat sich da um sie gekümmert. Als wir hörten, daß es mit ihr zu Ende ging, haben wir sie hergeholt, um ihr noch ein paar schöne Wochen zu schenken. Leider ist sie bereits nach drei Tagen verstorben! Dr. Horsom, Firbank Villas Nr. 13, hat den Totenschein ausgestellt. Wie Sie sehen, sorgen wir für eine anständige Beerdigung, und wir übernehmen – nebenbei gesagt – auch die Kosten! Irgendwelche Einwände oder Hindernisse, Mr. Holmes?"

„Die restlichen Räume – ich will sie noch sehen!"

Da war plötzlich Stimmengewirr im Flur! Und unmittelbar darauf erschienen zwei Polizisten vor uns:

„Bei allem Respekt, Mr. Holmes", sagte der Ranghöhere, ein Sergeant, dem die Situation sichtlich peinlich war, „aber ich muß Sie hinausbegleiten. Ohne Durchsuchungsbefehl laufen Sie sonst Gefahr, wegen Hausfriedensbruch und Nötigung angezeigt zu werden."

„Verhaften Sie ihn doch!“ zischte Peters dazwischen.

„Das liegt in meinem Ermessen, mein Herr!“ antwortete der Sergeant selbstbewußt. „Dabei sind, was mir nicht schwerfällt, alle Umstände zu würdigen – auch die nicht bestehende Fluchtgefahr und der feste Wohnsitz.“

Nach dem Verlassen des Hauses entschuldigte sich der Sergeant wortreich und höflich bei Holmes.

„Schon gut, Sergeant! Völlig korrekt!“ Holmes Reaktion war kurz und bündig!

„War ja wohl kein Zufall?! Was war denn der Grund?“ erkundigte sich der Polizeibeamte.

„Lady Carfax ist gekidnappt worden und mit an Sicherheit grenzender Wahrscheinlichkeit da drinnen. Und Minuten können in diesem Fall über Leben oder Tod entscheiden! Der Haftbefehl ist bereits unterwegs ...“

Unsere Anwesenheit war jetzt entbehrlich, und so fuhren wir nach Brixton, um dem Pflegeheim einen kurzen Besuch abzustatten. Dort bestätigte man uns jedoch, daß die Angaben, die Peters in Sachen Rose Spender gemacht hatte, exakt den Tatsachen entsprachen. Auch ein kurzer Besuch bei Dr. Horsom, der den Totenschein ausgestellt hatte, brachte uns kein bißchen weiter! An der Todesursache „Herzversagen aus Altersschwäche“ gäbe es nicht den geringsten Zweifel, erklärte er.

Und auch unser dritter Versuch war vergeblich: Bei Scotland Yard vertröstete man uns, mit dem Haftbefehl sei erst am nächsten Morgen gegen neun Uhr zu rechnen.

Von weiteren Rückschlägen wurden wir an diesem Abend zwar verschont, aber unsere Niedergeschlagenheit hatte ihren Höhepunkt erreicht. Jeder von uns beiden reagierte ganz nach seinem Wesen: Ich war müde, Holmes war in einem Ausmaß wütend, daß ich befürchten mußte, er würde vor Wut sein Pfeifenmundstück abbeißen und sich tödlich verschlucken! Ihn anzusprechen, wagte ich nicht – er wäre imstande gewesen, mir seine Freundschaft aufzukündigen! Kurz bevor ich mich zur Ruhe begab, bekamen wir noch einen Anruf des Sergeants, der uns informierte, daß im Haus mehrfach und hinter verschiedenen Fenstern Licht aufgeflackert sei. Ansonsten habe er keinerlei Wahrnehmungen gemacht, alles sei still, zu still eigentlich! Ob jetzt nur noch Beten half...?

Etwa ein Viertel nach sieben am nächsten Morgen, ich war gerade aufgewacht, stürzte Holmes, der offenbar im Gegensatz zu mir eine schlaflose Nacht hinter sich hatte, in mein Zimmer.

„Steh auf, Watson, und zieh dich an, so schnell du kannst. Um acht ist die Beerdigung – da sind unsere Chancen, ein Leben zu retten, ohnehin nur noch sehr gering."

Zunächst freilich mußten wir aufgrund des halsbrecherischen Tempos, mit dem wir slalomartig durch den frühen Berufsverkehr der Hauptstadt rasten, um unser eigenes Leben fürchten! Meine Uhr zeigte schon zehn nach acht, als wir endlich den Poultney Square erreichten und aufatmeten: Andere waren auch unpünktlich, der Leichenwagen stand noch vor der Tür, Totenträger brachten gerade den Sarg!

„Ins Haus zurück – schnell!" brüllte Holmes die Männer an, die – völlig verdattert – auch sofort reagierten. Zeter und Mordio schreiend stand Peters daneben, aber keiner kümmerte sich um ihn! „Beeilt euch, dalli, dalli! Der Deckel muß runter!" keuchte Holmes die Männer und mich an, wobei er gleichzeitig in fieberhafter Eile mit einem Schraubenzieher am Sarg herumzufummeln begann!

Nach gut zwei Minuten hatten wir's geschafft: Der Sarg

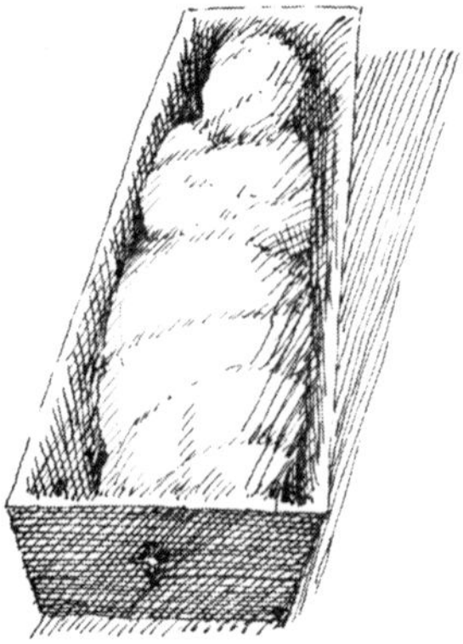

war offen. Und sowohl der Anblick, der sich uns bot, als auch der Geruch, der uns entgegenschlug, war im wahrsten Sinne des Wortes atemberaubend! Vor uns lag, eher einer Mumie gleich, eine weißgekleidete und völlig bandagierte Gestalt! Und von den um den Kopf gewickelten Binden her rührte der Geruch – Chloroform, wie ich sofort konstatierte. In Windeseile wickelte Holmes den Betäubungsverband ab und enthüllte dabei das totenbleiche Gesicht einer immer noch phantastisch aussehenden Frau mittleren Alters: Lady Carfax – ohne Zweifel!

„Watson – bitte!" flehte er mich mit feuchten Augen an.

Nichts mehr in seiner verzweifelten Miene erinnerte an seine sonstige, für mich nicht immer leichte Art! Kreislaufspritzen, Herzmassage, Mund-zu-Mund-Beatmung – ein Kampf ums Leben und gegen den Tod folgte, und endlich eine Reaktion. Ein schwacher, zunächst unregelmäßig pulsierender Herzschlag und Augenlider, die gelegentlich zusammenzuckten, signalisierten mir, daß das geflüchtete Leben wieder in ihren Körper zurückgeflutet war!

Quietschende Bremsen vor der Tür erinnerten uns dann daran, daß wir nicht die einzigen waren, die an Lady Carfax'

Schicksal interessiert waren. Green und Lestrade waren endlich eingetroffen, und guten Gewissens konnten wir die Lady den beiden überlassen. Unheil-Petrus aber war plötzlich verschwunden...

Mit *Semper homo bonus tiro est!* begann mein Freund am Abend die übliche Bilanzierung. „Wenn du *„homo“* durch Holmes ersetzt, trifft's, in aller Bescheidenheit sei's gesagt, den Nagel auf den Kopf: Auch *ein guter Holmes bleibt immer ein Anfänger.* Und Anfängern eigen ist, daß sie dazulernen müssen! Ich habe mir die ganze Nacht meinen Kopf zermartert, und doch bin ich erst heute morgen draufgekommen: Greens Bemerkung mit der Sonderausführung des Sarges – das war der springende Punkt. Die arme, alte Mrs. Spender – in jeden Standard-Sarg hätte sie gepaßt! Warum also ein neues Format?! Das konnte nur einen Grund haben: Der Sarg mit doppeltem Boden war für zwei gedacht! *Ein* Totenschein für *zwei,* alles hochoffiziell, harmlos und den bürgerlichen Konventionen entsprechend: Darauf lief's hinaus, das war der Trick dabei!“

Zwei Monate noch dauerte es übrigens, bis sich Lady Frances und Mr. Green endlich zusammengerauft hatten! Es wurde eine glückliche Ehe!

Die drei Garridebs

Alles begann eines Morgens mit der ungewöhnlichen Frage meines Freundes, ob ich mir nicht eine hübsche Prämie verdienen wolle.

Ich war einigermaßen erstaunt und sagte zunächst vorsichtig: „Du weißt doch, Holmes, daß mir meine Einnahmen als Arzt und die Honorare des Verlags, für den ich deine Memoiren schreibe, völlig reichen. Interessieren tät's mich allerdings schon, wenn auch nur theoretisch: Wer bietet da wieviel für was?"

Holmes lachte amüsiert und sagte: „Schön gefragt, mein lieber Watson. Am einfachsten läßt sich der dritte Teil deiner Frage beantworten: Finde einen Menschen namens Garrideb! Wieviel das einbringt, weiß ich noch nicht exakt, auf jeden Fall aber eine Menge. Tja, und so absurd es auch klingen mag: Wer das Angebot macht, wurde bereits erwähnt: Ein Garrideb nämlich. Nein, er suchte natürlich nicht sich selbst, sondern einen anderen gleichen Namens! Hat sich übrigens angesagt und müßte gleich dasein."

In diesem Augenblick brachte Mrs. Hudson eine Visitenkarte herein.

„Ist er das?" wollte ich beim Betrachten der Karte wissen.

„Ein Garrideb! Genauer: Mr. John Garrideb, Rechtsanwalt, Topeka, Kansas, USA. Wenn nicht, habe ich mir die Prämie bereits verdient."

„Na, na, Watson – du scheinst ja Feuer gefangen zu haben! Und doch muß ich dich enttäuschen! Der Garrideb ist zwar nicht der, den ich erwarte, aber er ist sozusagen der Anlaß, dem ich mein Mandat verdanke. Und wir brauchen einen dritten dieses Namens!"

Mr. John Garrideb war währenddessen ins Zimmer getreten.

In Verbindung mit den kurzgeschnittenen, gescheitelten Haaren vermittelte sein pausbäckiges, rosafarbenes Gesicht den Eindruck eines typischen jungen Amerikaners. In starkem Kontrast zu seinen eher naiv wirkenden Gesichtszügen standen seine hellblauen, äußerst wach wirkenden Augen, die zwischen uns hin und her pendelten und schließlich an Holmes hängenblieben:

„Kein Zweifel! Sie sind der berühmte Detektiv. Selbst amerikanische Zeitungen bringen häufiger Fotos von Ihnen. Die raffinierten Lösungen der verzwickten Fälle, in die Sie geraten, werden von meinen Landsleuten geradezu verschlungen! Aber lassen Sie mich auf den Anlaß meines Besuches kommen: Mein Namensvetter, Mr. Nathan Garrideb, hat Ihnen einen Ermittlungsauftrag erteilt?"

„Ja, hat er!" antwortete Holmes, etwas spröder als sonst. „Nehmen Sie Platz. Unser Gespräch wird, denke ich, einige Zeit in Anspruch nehmen. So, so – Sie sind also Amerikaner, wohnen aber schon eine Weile in England?"

„Was veranlaßt Sie zu dieser Frage – oder Feststellung?" Die freundliche Miene des Rechtsanwalts war schlagartig einem mißtrauischen Ausdruck gewichen.

„Ihre ganz und gar nicht amerikanische Kleidung! Vom Hemd bis zur Hose tragen Sie Textilien britischer Herkunft!"

„Ja, nicht zu leugnen! Ich halte mich schon seit Wochen in London auf und habe mich kleidungsmäßig dem hiesigen Klima angepaßt! Aber so sehr ich Ihre Beobachtungsgabe schätze: Ich würde nun gern auf den Brief Nathan Garridebs zu sprechen kommen..."

„... dessen Inhalt für mich den gleichen Informationswert hat wie Ihre Kleidung! Ich vermisse ihn übrigens, meinen Mandanten. Kennen Sie den Grund?"

„Nein. Aber ich finde sein Verhalten in dieser rein geschäftlichen Angelegenheit empörend und betrachte sein Mißtrauen als eine Beleidigung. Für die Einschaltung eines Detektivs besteht in diesem Fall keinerlei Bedarf. Davon habe ich erst heute morgen von ihm erfahren, woraufhin ich mich zur Klarstellung gleich herbegeben habe!"

„Ihren Argumenten vermag ich nicht zu folgen, Mr. Garrideb. Ich habe doch die besten Möglichkeiten, jene Informationen zu ermitteln, die in Ihrem und im Interesse von Nathan Garridebs sind. Hier geht's ja nicht um Mißtrauen, sondern um optimalen Erfolg. Und deshalb tat Ihr Namensvetter gut daran, mich einzuschalten!"

„Okay!" Die nervöse Spannung im Gesicht unseres Gastes löste sich etwas. „Wenn Sie's schaffen, den dritten Mann gleichen Namens ausfindig zu machen, soll mir alles recht sein."

„Na, sehen Sie. Aber nun sollten Sie uns Ihr Anliegen aus Ihrer Sicht schildern! Ich kenne den Vorgang nur aus der Perspektive von Mr. Nathan Garrideb, und mein Freund Watson weiß davon bisher so gut wie nichts!"

„Na gut, zu verbergen habe ich eh nichts.

Wahrscheinlich muß ich dabei einige Informationen über

Kansas, einen Staat von der Größe Großbritanniens, vorausschicken, aus dem ich komme. Meine Kanzlei ist in Topeka, was ich deshalb erwähne, weil hier drüben jeder Kansas City für die Hauptstadt hält. Typisch für unseren Staat ist die mittelständische Landwirtschaft, die Weizen, Soja und Mais produziert, aber auch die Viehzucht kann sich sehen lassen. Und in den letzten Jahren hat man zahlreiche Bodenschätze entdeckt, die nunmehr erschlossen und abgebaut werden. Einer, der schon frühzeitig und früher als alle anderen die spekulativen Möglichkeiten im Immobilienbereich entdeckt hat, war Alexander Hamilton Garrideb. Im Lauf der Jahre hatte er sich – oft für ein Trinkgeld – riesige Ländereien zusammengekauft, und die verwertete er seither so erfolgreich wie kein anderer.

Kurz gesagt: Er schwamm in Geld, hatte keine Erben – und eines Tages tauchte er in meiner Kanzlei auf und bat mich händeringend und wortreich, noch einen Garrideb aufzutreiben. Natürlich habe ich das zunächst nicht ganz ernst genommen, aber sein Honorarangebot belehrte mich dann doch eines Besseren. Für solch einen Betrag arbeite ich üblicherweise ein halbes Jahr!

Und gut sechs Monate habe ich auch gesucht, in allen US-Staaten, aber vergeblich. Dann starb mein Auftraggeber und hinterließ ein Testament – so verworren und seltsam, daß ich es nicht geglaubt hätte, wäre es nicht von mir mit eigenen Augen gelesen worden! Mich setzte er – unter Vorbehalt – als Drittelerben ein! Aber der Vorbehalt hat's in sich: Ich kann die Erbschaft von etwa fünf Millionen Dollar nur antreten, wenn ich zuvor zwei weitere Garridebs finde – und die bekommen dann auch je ein Drittel. Einen, wie Sie wissen, habe ich schon!

Allein den zu finden, war schon ein verteufeltes und teures Stück Arbeit, außerdem natürlich der Hauptgrund für meine Reise über den großen Teich! Nun wäre ja alles in Ordnung gewesen, wenn Nathan Garrideb gleichnamige Verwandte hätte, aber genau das ist nicht der Fall! Darin gleichen wir uns! Und so suche ich nach wie vor nach einem weiteren Namensvetter, der von seinem millionenschweren Glück noch gar nichts weiß! Wenn Sie uns dabei erfolgreich assistieren, springt eine sechsstellige Provision für Sie heraus!"

„Eine spektakulär plazierte Zeitungsanzeige würde aber mehr bringen und weniger kosten!" warf ich ein.

„Muß Ihnen widersprechen, Mr. Watson! Darauf bin ich nämlich auch schon gekommen, war aber ein völliger Fehlschlag!"

„Seltsam, muß ich übersehen haben... Aber sagen Sie: Aus Topeka kommen Sie! Ein alter Brieffreund von mir, Dr. Lysander Starr, war dort lange Jahre Bürgermeister, bevor er starb", brummelte Holmes.

„Ach der! Feiner Kerl! Als Rechtsanwalt hatte ich manchmal mit der Stadtverwaltung zu tun und kannte ihn daher! Um aber zum Schluß zu kommen: Ich bitte, daß wir in Kontakt bleiben und uns gegenseitig verständigen, wenn sich eine neue Entwicklung anbahnt. Bei mir dürfte das in spätestens zwei Tagen der Fall sein! Einen schönen Tag noch und gutes Gelingen!"

Noch lange, nachdem der Anwalt uns verlassen hatte, saß Holmes stumm und grübelnd in seinem Sessel, wobei gelegentlich ein Grinsen über sein Gesicht glitt, und unbewußt schüttelte er auch manchmal seinen Kopf.

„Eine verrückte Geschichte, mein lieber Watson!" war schließlich sein knapper Kommentar. „Eigentlich zu verrückt, um erfunden zu sein. Und doch ist genau das der Fall! Wenn mir einfache Geschichten, die mir aufgetischt werden, zu schlüssig erscheinen, bin ich schon von vornherein mißtrauisch – meistens zu Recht! Je verrückter jedoch, um so realistischer – das ist die Regel, und das liegt einmal an den verzwickten Launen der Wirklichkeit, zum anderen aber auch an der fehlenden Phantasie derer, die mir da zuweilen was unterjubeln wollen! Nur nicht in diesem Fall! Da ist's umgekehrt!

Zunächst: Gegen Garrideb, der lügen kann, daß sich die Balken biegen, ist selbst Münchhausen ein Waisenknabe und Dilettant! An der Geschichte stimmt nämlich so gut wie gar nichts! Beginnen wir bei seiner Kleidung: Die trägt er seit mindestens einem Jahr, oder er hat sie gebraucht gekauft. Beide Erklärungsvarianten stehen im Widerspruch zu seinen Aussagen! Denn er wollte uns weismachen, daß er erst seit kurzer Zeit in England weilt, und den Eindruck erwecken, eine gutgehende Kanzlei in Topeka zu haben! Alles völliger Unsinn. Und dann sein Akzent: So reden die Yankees in New York, an der Ostküste vielleicht, nur nicht im Westen! Außerdem spricht er schon mit starkem englischen Einschlag, was heißt, daß er schon lange nicht mehr drüben war. Fast überflüssig zu erwähnen, daß ich natürlich keinen Dr. Starr kenne und es einen Bürgermeister dieses Namens in Topeka mit an Sicherheit grenzender Wahrscheinlichkeit nie gegeben hat. Dummdreist schließlich ist das Märchen mit den drei Garridebs!

Interessant ist eigentlich nur noch, ob mein Mandant mit unserem Gast unter einer Decke steckt oder auch von ihm auf den Arm genommen wird! Am besten rufe ich ihn gleich mal an."

Das anschließende Telefongespräch, von dem ich zwangsläufig nur Holmes' Teil mitbekam, widerlegte zunächst seinen vagen Verdacht: Nathan Garrideb, ein älterer Herr und offensichtlich geistig nicht mehr voll auf der Höhe, kannte den Amerikaner erst seit zwei Tagen. Auch schien er Feuer und Flamme zu sein angesichts der Aussicht, fünf Millionen Dollar zu erben. Andererseits hatte er sich wohl genügend gesunden Realismus bewahrt, um einen Detektiv einzuschalten! Mit der Vereinbarung eines Besuchstermins am gleichen Abend endete der telefonische Dialog.

Gegen 18 Uhr trafen wir in der Little Ryder Street ein, einem jener Wohnbezirke, an denen der Zahn der Zeit schon kräftig genagt hatte und die sich dennoch – vielleicht auch deshalb – einen gewissen wohltuenden Charme bewahrt hatten! Fassaden zum Verlieben: Mit Schnörkeln, Zierat, kleinen Erkern und all jenen architektonischen Spielereien, die man zum Beispiel an den rein funktionalen Bauten anderer Viertel so schmerzlich vermissen mußte! Überall kleine Grünflächen mit blumigen Farbtupfern vor den Häusern – bunte, lebendige und liebenswerte Beispiele für unberührte Natur! Dazu der alte Baumbestand mit seinen würdevollen grünen Riesen – ein Paradies für Hunderte äußerst vitaler Vögel! Und mittendrin ein mächtiger Backsteinbau, in dessen Erdgeschoß Nathan Garrideb offensichtlich schon geraume Zeit wohnte, wie wir zunächst anhand des Namenschildes und danach auch am Zustand des riesigen Wohnzimmers feststellen konnten, in das uns der Gastgeber nach der kurzen Begrüßung geführt hatte.

Inmitten der unübersehbaren Fülle von Antiquitäten, die im Wohnzimmer angehäuft waren, fiel der Hausherr übrigens kaum mehr auf: Denn auch er schien ein Fossil aus längst vergangenen Zeiten zu sein, dabei freilich nicht unsympathisch in seiner umständlichen, pedantischen und gleichwohl freundlichen Art.

„Ein echtes Problem mit den Sitzgelegenheiten bei mir“, entschuldigte er sich gestenreich für die Tatsache, daß selbst die Stühle mit den unterschiedlichsten naturwissenschaftlich und kulturhistorisch bedeutsamen Stücken belegt waren. „Aber irgendwie kriegen wir das schon hin! Denken Sie immer an rohe Eier, wenn Sie was zur Seite stellen! Hat übrigens gar keinen Sinn, Ihnen hier irgendwas erklären zu wollen! Das würde zu weit führen.“

Nach etwa zehn Minuten hatten Holmes und ich uns endlich eine Sitzgelegenheit freigeräumt – freigeschaufelt und erarbeitet wäre wohl der bessere Ausdruck dafür gewesen! Dann sahen wir den alten Herrn neugierig an: „Sie sehen mich in meiner Höhle, die ich so gut wie nie verlasse.“ Er lächelte ein wenig zerstreut und entschuldigend. Dann fuhr er fort.

„Sotheby's und Christie's, die größten Auktionshäuser für Antiquitäten, suche ich zwar schon mal auf, aber da setzen meine beschränkten finanziellen Mittel die Grenzen. Die Komplettierung meiner Sammlung würde immense Summen kosten – woher nehmen, wenn nicht stehlen?! Es muß mir daher wie ein Geschenk des Himmels vorkommen, daß mir mein Namensvetter das auch Ihnen bekannte Angebot unterbreitet. Fünf Millionen – damit kann ich mein Lebenswerk vervollständigen, vollenden, und mit den größten Sammlern der Geschichte gleichziehen! Die Grundstücke in Kansas? Ich pfeife drauf. Der Anwalt hat mir versprochen, daß er mich auszahlt – was will ich also mehr?“

„Prächtige Perspektiven, Mr. Garrideb!“ Holmes paffte an seiner Pfeife. „Da haben Sie ja die besten Möglichkeiten, einst in die Geschichte der Menschheit einzugehen! Ich selber allerdings begreife Sammelleidenschaft nicht! Gestatten Sie mir daher zunächst noch einige Fragen, deren Beantwortung für mich von Bedeutung ist. Zunächst: Wann haben Sie die Bekanntschaft von Rechtsanwalt Garrideb gemacht?"

„Das war – warten Sie – Dienstag dieser Woche!"

„Wissen Sie, daß er uns heute aufgesucht hat?"

„Ja, er ist sofort danach hierher gekommen – ziemlich empört übrigens. Mein Mißtrauen betrachte er als Provokation – er sei ja schließlich der große Gönner, und nicht umgekehrt! Aber sein Ärger hat sich dann bald gelegt!"

„Haben Sie irgend etwas vereinbart?"

„Nein, nichts!"

„Hat er sich schon mal Geld geliehen – oder dergleichen?"

„Wie kommen Sie denn da drauf?! Ich war schon nahe dran, ihn um einen Vorschuß zu bitten."

„Und von unserem Besuch bei Ihnen weiß er?"

„Ja – aber keine Reaktion!"

„Gibt's in Ihrer Sammlung Stücke, die für einen Einbrecher interessant sein könnten?"

„Jein! Ein normaler Einbrecher kann damit nichts anfangen, weil er keines meiner Liebhaberstücke an einen normalen Hehler versilbern könnte. Für wissenschaftlich oder kulturhistorisch interessierte Liebhaber dagegen schaut's ganz anders aus. Nur: Wer von denen würde einbrechen."

„Sagen Sie: Seit wann wohnen Sie schon hier?"

„Knapp fünf Jahre!"

Ein heftiges Pochen an der Tür unterbrach das geistige Pingpongspiel der beiden. Kurz darauf polterte der Rechtsanwalt herein.

„Endlich! Der dritte Garrideb! Die Suche hat sich gelohnt." Er ließ sich einfach auf dem Boden nieder. „Demnächst wird die Gelddusche für drei Garridebs angestellt. Und Sie, Mr. Holmes, können sich wieder Ihren Kriminalfällen widmen."

Dabei schob er seinem verblüfften Namensvetter einen Zeitungsausschnitt über den Tisch. Es war, wie wir daneben stehend feststellen konnten, der Text einer Anzeige:

Neu in Birmingham!

Landwirtschaftliche Beratungen

Howard J. Garrideb

Mit neuen Produkten für die Landwirtschaft!
– Spezialist für Sojapflanzung
und Intensivdüngung –
Grosvenor Buildings, Aston,
vor Birmingham.

„Mein Kontaktmann in Birmingham hat's mir mit der heutigen Post geschickt!" sprudelte der Anwalt heraus, dem die Begeisterung über seinen Volltreffer deutlich anzusehen war. „Da wir unter Zeitdruck stehen, habe ich gleich nach Birmingham telegrafiert und für morgen 16 Uhr den Besuch von Ihnen, Mr. Nathan Garrideb, angekündigt!"

„Ich?" stöhnte dieser gequält auf. „Wieso ich? Ich verreise nie! Und vor einer Zugfahrt graust mir geradezu."

„Ja, Sie!" bekräftigte der Amerikaner mit Nachdruck. „Es ist doch auch in Ihrem Interesse! Einem Engländer – einem so seriösen dazu – wird man diese zweifellos ungewöhnliche Geschichte viel eher abnehmen als irgendeinem US-Bürger. Eventuell wäre ich ja mitgekommen, aber das erlauben morgen meine Termine nicht. Notfalls komme ich nach. Die Zugverbindungen sind, wie ich bereits ermittelt habe, hervorragend. Auch ist ein Umsteigen nicht erforderlich, und morgen abend sind Sie schon wieder zurück. Wir benötigen ja lediglich eine notarielle Bestätigung seiner Identität."

„Ich sehe das auch so!" pflichtete ihm Holmes bei.

„Na gut", lenkte nun auch Nathan Garrideb ein. „Gegen diese Überzeugung kann ich ja wohl wenig ausrichten! Und schließlich bin ich Ihnen für einige Millionen auch einiges schuldig!"

Darauf nickte John Garrideb ihm dankbar zu und verabschiedete sich mit dem Versprechen, sich am nächsten Abend telefonisch zu melden.

Holmes dagegen schien noch wenig geneigt, auch zu gehen: „Es wäre mir, Mr. Garrideb, sehr angenehm, wenn ich einmal in Ruhe Ihre umfangreiche Sammlung in Augenschein nehmen könnte. Noch sehe ich hier gewissermaßen den Wald vor lauter Bäumen nicht. Aber Kulturgeschichte gehört nun mal zu meinen Hobbys, auch wenn ich kein Sammler bin ...

„Ja, jederzeit, Mr. Holmes." Garrideb war sichtlich geschmeichelt. „Wenn Sie wollen – sofort! Über die Vielseitigkeit Ihrer Interessen erzählt man sich ja wahre Wunderdinge! Wenn ich dazu etwas beitragen kann ..."

„Da danke ich Ihnen sehr! Nur heute paßt es mir nicht ... ich habe noch Termine. Hätten Sie Einwände, wenn ich morgen auf Ihr Angebot zurückkomme? Alles ist ja so hervorragend beschriftet ..."

„Kein Problem! Wenn Sie bis 16 Uhr kommen, kann meine Haushälterin Sie hereinlassen! Ich werde ihr Ihren Besuch avisieren!"

„Würde mir gut in die Planung passen! Noch eine letzte Frage: Wer verwaltet eigentlich das Haus?"

„Holloway & Steele, Edgware Road Nr. 13. Aber die Frage verstehe ich nicht ganz. Sind Sie mit dem Haus in der Baker Street etwa nicht mehr zufrieden?“

„Nein, nein! Verschiedene Fragen des Baustils und der Entstehungszeit, die mich da interessieren – eines meiner Hobbys –. Aber lassen wir's für heute! Ich wünsche Ihnen eine gute Fahrt und viel Erfolg dabei!“

„Die Reise nach Birmingham wird eine Enttäuschung werden“, fuhr er eine Stunde später fort, als wir beim Mittagessen saßen. „Aber zu sagen, was genau passieren wird, wäre zuviel verlangt!“

„Aber einiges wissen wir doch schon!“ warf ich ein. „Zum Beispiel, daß mit der Anzeige etwas nicht stimmt! Sojabohnen – bei dem Klima! So einen Unsinn kann sich doch nur ein Amerikaner ausdenken. Typisch auch der abgekürzte zweite Vorname! Ganz zu schweigen von der Intensivdüngung – völlig unüblich hierzulande, wo man den Boden seit Jahrhunderten durch Fruchtwechsel schont.“

Ich war regelrecht aufgebracht darüber, für wie einfältig man Holmes und mich hielt.

„Bist gut informiert, mein lieber Watson! Stimmt völlig, was du sagst! Und so, wie sie aufgegeben wurde, wurde die Anzeige natürlich auch gedruckt. Die Zeitung verdient ja dran. Und wer war's? Kein anderer als unser amerikanischer Freund!“

„Und sein Motiv dabei?“

„Wüßte ich auch gern! Sicher erscheint mir nur, daß er den alten Sammler, unseren Mandanten also, nach Birmingham locken will ... Morgen wissen wir mehr!“

Der düsteren Miene nach zu urteilen, mit der Holmes gegen Mittag nach Hause kam, hatte er offensichtlich schlechte Nachrichten:

„Ein übler Bursche, der sogenannte Anwalt. Das kann eine gefährliche oder sogar lebensgefährliche Angelegenheit werden. Ich habe ihn im Verbrecheralbum von Scotland Yard gefunden: ‚Killer-Kevin', geboren in Chicago. Und das bezieht sich nicht nur auf einen Mord. Denn allein in den Staaten hat er drei Männer auf dem Gewissen. Er wurde zwar verurteilt, dann aber wegen guter Führung frühzeitig entlassen, und danach setzte er sich nach England ab. In einer Bar in Soho erschoß er bald darauf einen Kartenspieler. Alle Zeugen haben damals übereinstimmend ausgesagt, daß Kevin von dem anderen zuvor angegriffen worden war, und so bekam er nur ein paar Jahre. Seither konnte ihm die Polizei nichts mehr nachweisen. Doch nun wird es interessant: Der Tote, ein gewisser Rodger Prescott, stammte auch aus Chicago und hatte einen legendären Ruf als Notenfälscher!

Wenn sich die Hausverwaltung nun nicht fürchterlich täuscht – dann war dieser Prescott der Vormieter von Mr. Garridebs Wohnung. Natürlich hatte er sich dort unter falschem Namen eingenistet. Aber eines Tages, vor rund fünf Jahren, ist er spurlos verschwunden und bis zu seinem gewaltsamen Tod nie wieder aufgetaucht! Es führt folglich eine Fährte dieses Falles in die Wohnung von Mr. Garrideb! Viel mehr weiß ich auch nicht – erst gegen 16 Uhr sind wir wahrscheinlich klüger!"

An der Haustür von Nathan Garrideb stießen wir mit Mrs. Saunders, seiner Haushälterin, zusammen, die gerade im Aufbruch war. Dennoch wurden wir anstandslos eingelassen und waren bald darauf allein. Holmes interessierte sich aber gar nicht für die vielen im Zimmer verteilten Gegenstände, sondern konzentrierte sich auf Schränke und große Kommoden. Dann, offensichtlich, hatte er gefunden, was er suchte. Ein Schrank in einer dunklen Zimmerecke hatte sein Wohlgefallen erregt. Gemeinsam zogen wir ihn an einer Seite noch ein paar Zentimeter nach vorn und verschwanden dahinter.

„Optimaler Platz!" kommentierte Holmes flüsternd unser Versteck. „Denn bald bekommen wir Besuch – das ist so sicher wie das Amen in der Kirche. ‚Killer-Kevin' alias Rechtsanwalt John Garrideb hat hier irgend etwas vor, und deshalb mußte Mr. Nathan Garrideb für eine Weile nach Birmingham geschickt werden. Und weil der so hartnäckig an seiner Wohnung hängt, mußte es Kevin auch besonders geschickt einfädeln. Das ist der wahre Grund für das Märchen von der Riesenerbschaft für drei Garridebs. Was ‚Killer-Kevin' hier unternehmen will, ist mir noch unklar, ganz sicher hängt es aber mit dem Vormieter der Wohnung, dem Fälscher, zusammen. Der scheint hier nämlich eine echte Erbschaft hinterlassen zu haben. Zunächst dachte ich ja, das irgendein Sammlungsstück das Interesse des Killers gefunden hatte, aber diese Möglichkeit können wir nunmehr weitgehend ausschließen!"

Unsere Geduld hinter dem Schrank wurde auf eine nicht allzu harte Probe gestellt, denn schon kurz darauf hörten wir verdächtige Geräusche an der Wohnungstür, dann leise Schritte vom Flur ins Zimmer.

Einen Augenblick war es ganz still – Kevin vergewisserte sich wohl, ob er allein war – dann wurde der Tisch in die Mitte des Raumes gerückt.

Wir schauten nun vorsichtig hinter dem Schrank hervor

und sahen, wie Kevin den Teppich zusammenrollte. Mit einem metallischen Gegenstand bearbeitete er nun die Bodenbretter, die hastig zur Seite geschoben wurden. Eine quadratische Öffnung zum Keller war entstanden! Hastig zündete Kevin ein Streichholz an, machte eine Kerze an und kletterte in den Keller hinab. Da packte Holmes mich am Arm – für unser Versteckspiel gab es keinen Grund mehr!

Wir wollten uns geräuschlos bis an die Bodenöffnung schleichen, aber dann knirschten die Dielen unter unseren Schritten – und dann ging alles ganz schnell: Kevin – von den Geräuschen alarmiert – war wieder aufgetaucht und starrte uns wütend an. Sein Blick wurde jedoch um einiges sanfter, als er in die Pistolenmündung starrte, die Holmes ihm entgegenhielt.

„Okay, meine Herren", kam es zwischen seinen Zähnen hervor, während er seinen Körper mühsam aus der Bodenöffnung zwängte, „geb' mich geschlagen – weiterer Widerstand ist wohl zwecklos!"

Dabei hatte er unauffällig in seine Jacke gegriffen und seinerseits nach einer Pistole gegriffen, die nun zweimal explosionsgleich ihre Ladung ausspuckte.

Ein glühender Blitz war mir ins Bein gefahren. Während ich wankte und mir die Sinne kurzzeitig schwanden, sah ich noch, wie Holmes rechter Arm vorschoß: Auch Kevin sackte zusammen.

„Mein Gott, Watson, hat's dich arg erwischt?" wandte sich Holmes wieder an mich.

Seine Stimme vibrierte dabei und signalisierte ein Ausmaß an Mitgefühl, wie ich es noch selten bei diesem gewöhnlich so beherrscht erscheinenden Mann erlebt hatte. Der Schmerz in meinem Oberschenkel verschwand geradezu schlagartig – so

sehr berührte mich seine Sorge. Und meine Bewunderung für den Star-Detektiv verwandelte sich ein weiteres Mal in tiefe Sympathie für den Menschen Holmes.

„Nein, halb so schlimm, mein Lieber. Nur ein Streifschuß. Ein Indianer kennt keinen Schmerz..." Ich versuchte ein beruhigendes Lächeln, während er mir das Hosenbein mit einem Messer aufschlitzte.

Beim Anblick meiner – relativ harmlosen – Wunde verschwand sein sorgenvoller Ausdruck.

Noch benommen und wie ein Häufchen Elend, hockte Kevin nun vor uns, unfähig und wohl auch unwillig, etwas zu sagen. Auf großes Entgegenkommen wären seine Äußerungen bei uns auch nicht gestoßen. Unsere Aufmerksamkeit richtete sich immer stärker auf die Bodenöffnung und den kleinen Keller, der darunter lag. In dem Gewölbe, von der Kerze schummrig beleuchtet, befand sich eine vollständig eingerichtete Fälscherwerkstatt: Ein kleiner Drucker, unzählige Farbflaschen, Papierrollen, eine Schneidevorrichtung sowie das sonstige Drum und Dran, das Fälscher für ihr künstlerisches Handwerk jenseits der Legalität benötigen. Und auf einem Beistelltisch sahen wir – sauber gebündelt – ganze Berge von Geldscheinen.

„Können Sie alles haben, Holmes!"

„Killer-Kevin" sah seine letzte Chance. „Zwei Millionen, meine Abstandszahlung – wenn Sie mich verduften lassen! Risiken gehen Sie dabei nicht ein, denn perfektere Falschnoten gibt's nicht! Da war ein Weltmeister am Werk – Silberfaden, Wasserzeichen, nichts fehlt!"

„Könnte dir so passen, Freundchen!" Holmes war jetzt richtig zornig. „Mich hat deine Dreistigkeit, anzunehmen, du wärst intelligenter als Sherlock Holmes, zunächst fast amüsiert: Aber anzunehmen, daß ich bestechlich bin – das geht entschieden zu weit. Wir werden dich mit dem größten Vergnügen an Scotland Yard übergeben."

Für den Yard und für Holmes war es ein ganz großer Tag. Und noch Wochen später waren die Zeitungen voll von den sensationellen Enthüllungen und Hintergründen dieses Falles.

In diskreter, dezenter Manier wurde Holmes, dessen Abneigung gegenüber staatlichen Ehrungen bekannt war, der „Hosenbandorden" angeboten. Ebenso dezent und diskret dankte der Detektiv für die Offerte, lehnte sie aber gleichwohl ab, vorerst, wie er sich ausdrückte. Das sei eine Ehrung für jemanden, der den Gipfel des Ruhms und des vitalen Booms schon hinter sich habe, rechtfertigte er sich mir gegenüber. Und so weit sei er längst noch nicht!

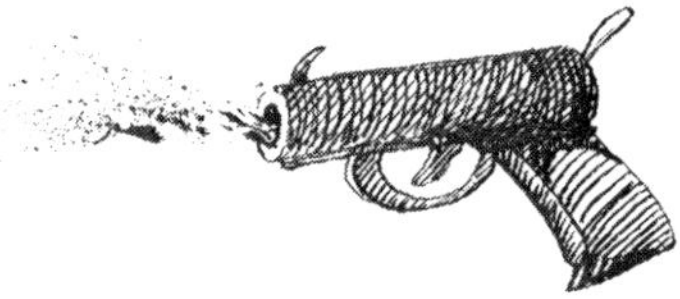

Die drei Studenten

Alle paar Jahre leisteten Holmes und ich uns den Luxus eines ausgedehnten Urlaubs in Oxford. Und zwar an der dortigen Universität, die bekanntlich die älteste Englands ist. Begeistert machten wir dann Gebrauch von den reichhaltigen Möglichkeiten, die diese alte Universität – die wir übrigens beide für die schönste der Welt hielten – in den Sommermonaten anbietet. Die meisten der jungen Studenten sind dann schon in den Semesterferien, aber Leerlauf bedeutet das längst noch nicht. Hunderte der verschiedensten Prüfungen müssen noch absolviert werden, im kleineren Kreis meist finden auch noch zahlreiche Abschlußfeste statt, an die man sich viele Jahre später seltsamerweise deutlicher erinnert als an die meisten Zahlen, Daten und Fakten des langen Studiums!

Viele Professoren, Dozenten und auch Studenten nutzen diese vom Diktat des Terminkalenders freie Zeit für ergänzende Studien, Recherchen, Bibliotheksaufenthalte und all jene Tätigkeiten, die im normalen, normierten Studienbetrieb zu kurz kommen.

Was lag näher, als daß auch wir die meiste Zeit in der Bibliothek verbrachten, deren gedruckte Schätze uns regelmäßig tief beeindruckten – kein Wunder bei der Fülle der Bücher, die allein Wochen erfordert hätte, um nur die Titelkataloge durchzulesen. Ein wenig fühlte ich mich inmitten dieser Bibliotheken an das Märchen vom Vogel und der Ewigkeit erinnert: Es soll einen Vogel geben, dem das Sterben nicht vergönnt ist. Alle tausend Jahre fliegt dieser Vogel über die Alpen, und jedesmal wetzt er dann seinen Schnabel erst am Montblanc, dann an den übrigen Bergen. Sei eines Tages von den Bergen endlich nichts mehr übrig, dann erst sei eine Sekunde der Ewigkeit verstrichen.

So ungefähr ging's uns angesichts des ständig weiter wachsenden Schlaraffenlandes an Büchern und Wissen! Für Holmes, dem in Wissensdingen Unersättlichen, galt dies noch mehr als für mich mit meinem relativ bescheidenen Interessenhorizont.

Einen jener von uns so sehr geschätzten Lese-Spätnachmittage verbrachten wir gerade in der Bibliothek, als uns Professor Dr. phil. Hilton Soames in unserer genüßlichen Idylle aufstöberte, um nicht zu sagen, aufstörte. Flüsternd und eindringlich bat er uns nach draußen in den Vorraum.

Daß der seit Jahren zu unserem Bekanntenkreis zählende, gelegentlich impulsiv reagierende Ordinarius uns mitten in unserer geliebten Lektüre unterbrach, wäre ja noch angegangen. Aber Soames war zudem furchtbar aufgebracht. Er riß Holmes am Ärmel und rief:

„Der Ruf Oxfords, Mr. Holmes, und damit eins der geheiligsten Güter der britischen Nation steht auf dem Spiel! Wär's möglich, daß ich Sie in der nächsten Stunde dahingehend kurz konsultieren könnte?! Es ist dringend und duldet keinen Aufschub!"

„Und Unmögliches muß sofort erledigt werden, alles andere im nächsten Semester, verehrter Professor?" entgegnete Holmes mit der manchmal bei ihm durchscheinenden Ironie. „Oxford hat Dutzende von Königen, hat Cromwell, hat katastrophale Konservative und linkshändige Labour-Leute überstanden – und dann wanken da plötzlich, von heut' auf morgen, wegen der Philosophie die Fundamente? Also bitte: Auf dem Teppich bleiben, Verehrtester, auch wenn in den Regionen, in denen Sie geistig wohnen, viele lieber auf dem Teppich davonschweben!"

Einen Moment war Soames schlichtweg sprachlos, doch dann parierte er geschickt: „Zugegeben, Mr. Holmes, Einflüsse von draußen haben der Uni bisher wenig anhaben können, dagegen wehren wir uns auch schließlich mit großer Solidarität, und der Erfolg bleibt dann auch nie aus. Kaputtmachen können wir uns nur selber, von innen heraus, und das ist hier der Fall. Wenn einmal bekannt würde, daß in Oxford bei Prüfungen betrogen wird – die Folgen wären nicht auszudenken."

Holmes, der seinen Verstand sonst an Morden oder raffinierten Betrügereien schliff, war schier entsetzt und reagierte ungehalten: „Wenn hier betrogen wird, gibt's genügend Sanktionsmöglichkeiten – bis hin zur Relegation, dem Ausschluß vom Studienbetrieb. Und wozu schließlich ist denn die Polizei da? Denn meinen Urlaub lasse ich mir nicht ruinieren. Ich lehne ab."

„Polizei?" protestierte der Professor. „Damit würde doch eine für unser Ansehen tödliche Lawine ausgelöst werden! Nein, das müssen wir intern und mit aller Diskretion regeln. Nur fehlt uns dazu das überragende kriminalistische Knowhow eines Holmes, denn der Fall verrät äußerste Raffinesse."

Raffinesse? Holmes horchte auf. „Na gut", lenkte mein für Komplimente durchaus empfänglicher Freund ein, „dann schießen Sie also mal los und erläutern kurz den Tatbestand. Aber kurz bitte!"

„Danke, verbindlichsten Dank für Ihr Entgegenkommen. Also, es geht um eine für das Fortescue-Stipendium wichtige Prüfung in Altgriechisch, die morgen stattfinden soll. Dabei bekommt jeder Kandidat einen längeren Thukydides-Text vorgelegt, der fehlerfrei übersetzt werden muß. Selbstverständlich, daß der Text vorher strengstens geheimgehalten wird – nur der Drucker und ich kennen ihn!

Heute nachmittag nun habe ich gegen 15 Uhr die Probedrucke zur Korrektur erhalten und mich auch sogleich an die Arbeit gemacht. Um 16.30 Uhr war ein Tee-Termin bei einem Freund vereinbart, die Korrektur war aber noch nicht abgeschlossen, und so habe ich die Blätter in meinem Büro gelassen, abgesperrt und den Schlüssel mitgenommen. Nach dem Tee stellte ich dann bei der Rückkehr zu meinem Entsetzen fest, daß ein Schlüssel an der Tür steckte. Der konnte nur von Bannister, meinem Sekretär, stammen, denn nur er hat noch einen Zweitschlüssel. Im Büro wurde meine Befürchtung zur

Gewißheit: Jemand war eingedrungen und hatte sich mit den Druckfahnen beschäftigt! Eine lag auf dem Schreibtisch, eine am Boden, eine am Fenster. Ich holte Bannister und stellte ihn sofort zur Rede. Es ist nicht zu fassen, aber er bestreitet nachdrücklich, in meinen Papieren gewühlt zu haben. Und das ist auch glaubwürdig – was sollte er auch schon damit anfangen? Außerdem ist er bereits über zehn Jahre bei mir und ein Muster an Zuverlässigkeit! Ihn schien der Vorfall jedoch noch stärker getroffen und betroffen gemacht zu haben als mich! Er wurde leichenblaß und hat am ganzen Körper gezittert. Mit einem Scotch habe ich ihn erst mal beruhigt und sich setzen lassen! Als ich zu Ihnen aufbrach, saß er noch immer völlig apathisch da! Die Papiere habe ich natürlich in der Zwischenzeit eingeschlossen!

Dünne Holz-Spiralen wie vom Spitzen eines Bleistiftes und abgebrochene Minenstückchen habe ich auf dem kleinen Tisch am Fenster gefunden. Und in der nagelneuen Schreibunterlage auf meinem Schreibtisch stellte ich einen längeren Schnitt fest! Daneben lag ein kleines Häufchen Erde – mit Sägespänen vermischt! Alles eindeutige, wenn auch etwas rätselhafte Spuren des unbekannten Täters! Wenn er bis morgen früh nicht gefunden wird, muß die Prüfung zunächst abgesagt und später – mit einem neuen Text – wiederholt werden. Von dem Skandal, den das zur Folge hat, erholt sich Oxford nicht so schnell!“

„Werde mein Bestes tun, um ihn von vornherein zu verhindern, Mr. Soames! Aber sagen Sie: War noch jemand nach der Ankunft der Druckfahnen bei Ihnen?“

„Ja, Daulat Ras, ein indischer Student, der über meinem Büro wohnt. Er hatte ein paar technische Fragen zur morgigen Prüfung. Aber da waren die Druckfahnen noch nicht ausgepackt. Es kann natürlich sein, daß er sich zusammengereimt hat, was in dem Paket auf meinem Schreibtisch war!"

„Und ansonsten kommt nur die Möglichkeit in Frage, daß jemand zufällig ins Zimmer kam und dann von der günstigen Gelegenheit Gebrauch machte?"

„Ja, und das dürfte wohl die wahrscheinlichste Erklärung sein."

„Gut, gehen wir! Ich übernehme den Fall, einer von dieser akademischen Sorte fehlt noch in meiner Sammluno!"

Ich schmunzelte ein wenig und folgte meinem Freund in den Innenhof der Universität. Dort angekommen, warf Holmes einen langen, nachdenklichen Blick auf das ebenso niedrige wie breite vergitterte Fenster, hinter dem sich das Büro des Altphilologen Soames befand. Sich auf die Zehenspitzen stellend, spähte er anschließend ins Zimmer hinein. Unmittelbar darauf begaben wir uns durch das danebenstehende Haustor ins Gebäude. Nachdem der Professor uns sein Büro aufgeschlossen hatte, blieb Holmes zunächst eine kleine Ewigkeit in der Tür stehen, wobei er, nach Spuren suchend, den Teppich in Augenschein nahm – jedoch vergeblich.

„Dem Sekretär scheint's offenbar schon wieder besserzugehen", stellte er, sich im Zimmer umschauend und cn den Professor gewandt, fest. „In welchem Sessel saß er vorhin?"

„In dem am Fenster, neben dem Tischchen!"

„So so! Nun, warum die Papiere so seltsam verstreut waren, ist leicht zu rekonstruieren. Der Täter nahm sie jeweils einzeln vom Schreibtisch, ging dann zum Fenster, um nicht von Ihrer Rückkehr überrascht zu werden, schrieb sie am Tisch ab und ließ sie anschließend auf den Boden fallen. Aber wie die Unordnung zeigt, ist er dann doch von Ihrer Rückkehr ziemlich überrascht worden.

Beim hastigen Abschreiben ist ihm auch die Mine seines Bleistifts abgebrochen. Wie dieser beschaffen ist, läßt sich anhand der dünnen Holz-Spiralen leicht feststellen: Weiches Blei innen, blaue Farbe außen mit silberfarbigem Aufdruck – und noch etwa vier Zentimeter lang, ein Stummel also. Bringen Sie mir den Besitzer des Stummels, und Sie haben den Übeltäter!"

Weniger Erfolg hatte Holmes zwar dann mit der Vermutung, daß die Schrift des Täters auf dem Tisch Spuren hinterlassen habe. Am Schreibtisch selbst jedoch konnte er sich dagegen an einer sehr deutlichen Spur erfreuen, dem Schnitt im Leder nämlich, von dem der Professor bereits berichtet hatte und der – merkwürdig genug – mit einem Loch abschloß! Direkt daneben befand sich ein kleines, pyramidenartig geformtes und mit Sägespänen durchsetztes Häufchen Erde. Exakt den gleichen Fund machte Holmes bei der anschließenden Inspektion des daneben liegenden Schlafzimmers. War der Täter etwa von da aus durchs Fenster geflohen?

„Beschreiben Sie mir doch bitte einmal all die Studenten, die überhaupt für diese Tat in Frage kommen, Mr. Soames", bat Holmes schließlich.

„Nichts leichter als das! Es können nämlich nur die drei sein, die hier im Gebäude wohnen – nur sie benutzen den Treppenflur vor meinem Büro! Fangen wir im dritten Stock an mit Gilchrist: heller Bursche, diszipliniert, fleißig und mit vielen sportlichen Interessen. Im Weitsprung ist er einer der Besten! Ich habe kaum Zweifel daran, daß er die Prüfung besteht und das Stipendium bekommt. Kann er auch brauchen, denn das Familienvermögen hat sein Vater leichtsinnigerweise verschiedenen Buchmachern anvertraut.

Im zweiten Stock wohnt der bereits erwähnte Daulat Ras,

der aus einem Vorort von Neu-Delhi stammt und sonst recht gute Studienleistungen zeigt. Griechisch ist jedoch nicht seine Stärke. Ansonsten ist er schwer zu beschreiben, er ist ziemlich verschlossen und geht kaum aus sich heraus.

Unterm Dach schließlich logiert Miles McLaren, ein brillanter Kopf, aber leider stinkfaul! Bei dem habe ich bezüglich der Prüfung die meisten Zweifel."

Holmes hatte ruhig und aufmerksam zugehört, jetzt stellte er eine Frage:

„Bleibt nur noch Bannister. An den hätte ich noch ein paar Fragen. Würden Sie ihn bitte rufen lassen?"

Noch ganz gezeichnet von dem besonders für ihn äußerst peinlichen Zwischenfall, betrat der Sekretär kurz darauf den Raum. Am ehesten hätte man ihn, den etwa Fünfzigjährigen, mit den üblichen Merkmalen eines Butlers beschreiben können.

Nachdem er vorgestellt worden war, wandte sich Holmes recht barsch an ihn:

„Der Schlüssel in der Tür – haben Sie ihn vergessen, oder was war da los?"

„Das war so: Gegen 16.30 Uhr wollte ich meinem Chef wie üblich seinen täglichen Tee samt Gebäck bringen – er war aber nicht da! So bin ich wieder gegangen und habe, da meine Hände nicht frei waren, den Schlüssel steckenlassen. Ich wollte sofort noch mal zurückgehen, um ihn zu holen, habe es aber vergessen!"

„Und Ihnen war nicht klar, in welche Schwierigkeiten Sie Professor Soames durch Ihre Vergeßlichkeit bringen konnten?"

„Nein, Sir – zunächst nicht! Von den Druckfahnen wußte ich ja nichts. Um so mehr entsetzt war ich später, als ich gerufen und mit der ganzen peinlichen Situation konfrontiert wurde! Speiübel ist mir vor lauter Verzweiflung geworden!"

„Und das war wo?"

„Schon an der Tür – ganz wacklige Knie habe ich gekriegt. Kein Wunder!"

„Mich wundert's aber doch, daß Sie sich dann erst in den Sessel am Fenster gesetzt haben... Wie lange sind Sie noch geblieben, nachdem Ihr Chef den Raum verlassen hatte?"

„Weiß ich nicht genau, jedenfalls nicht lange. Der Scotch hat mich wieder munter gemacht!"

„Wer könnte es Ihrer Meinung nach gewesen sein?"

„Da fragen Sie mich zuviel, Sir. Jeder – und keiner! Ich bilde mir ein, alle hier recht gut zu kennen. Alles nette Jungs! Schwer vorstellbar, daß einer das fertigbringt..."

Als Holmes sein Kreuzverhör beendet und den nach wie vor äußerst nervösen Sekretär verabschiedet hatte, machten wir einen erneuten Abstecher auf den Hof.

Mittlerweile war es völlig dunkel geworden, und nur vereinzelte Fenster in der Gebäuderunde signalisierten die Anwesenheit vermutlich eifrig büffelnder Studenten.

Dagegen waren die Fenster über Professor Soames' Büro alle erleuchtet! Alle drei Verdächtigen waren also anwesend – und offenbar fleißig. Irritierend war dabei allerdings der ständig hin und her pendelnde Schatten hinter dem Fenster des Inders: Nervosität oder Lerneifer – das war hier die Frage.

Nachdem der Professor auf Holmes' Wunsch, die drei Studenten noch kurz zu befragen, keine Einwände erhoben hatte, stapften wir wenig später die steile Wendeltreppe hinauf. Glück hatten wir allerdings nur bei Gilchrist und dem Inder. Wütend, fast aggressiv, reagierte McLaren auf unser Klopfen. Wir sollten uns zum Teufel scheren, sagte er unverblümt, er sei beschäftigt und habe morgen eine Prüfung!

Warum Holmes die beiden anderen darauf überhaupt noch aufsuchte, war kaum nachzuvollziehen. In beiden Appartements interessierte er sich nämlich mehr für die dortigen gotischen Schnitzereien an den Wänden als für die Bewohner. Seine Unterhaltung beschränkte sich fast nur auf die Bitte, ihm doch bitte einen Bleistift zu leihen, weil er diese bemerkenswerten Beispiele altenglischer Innenarchitektur kurz zu skizzieren wünsche. Was wohl die beiden Studenten von ihrem seltsamen Besucher denken mußten?!

Was er seinerseits von ihnen hielt, tat er uns – das freilich war typisch für ihn – jedenfalls nicht kund. In, wie es schien, aufgeräumter Stimmung wollte er von Soames lediglich wissen, wie groß McLaren sei.

„Komische Frage, Mr. Holmes“, antwortete der Professor verdutzt. „Also, ich würde sagen, er ist etwa zehn Zentimeter kleiner als Gilchrist und ein bißchen größer als der Inder.“

„Danke, Verehrtester. Das klärt einiges. Morgen vormittag sehen wir uns wieder, dann können Sie immer noch die geeigneten Dispositionen für die Prüfung treffen. Nur ein wenig Geduld und gute Nerven brauchen Sie noch. Von Ihren armen Studenten verlangen Sie das ja auch. Guten Abend, Mr. Soames!“

Sprachlos, wahrscheinlich entsetzt, starrte uns der Professor nach, als wir heimgingen, um uns an der köstlichen Erbsensuppe unserer Pensionswirtin zu laben.

Weder auf dem Weg nach Hause noch in der restlichen Zeit des Abends, die wir mit Schmökern verbrachten, gab Holmes mir Hinweise auf seinen Erkenntnisstand. Auch auf sein ansonsten typisches Spielchen verzichtete er diesmal, mir Spekulationen über den Täter zu entlocken, um diese dann umgehend in der Luft zu zerpflücken.

Als er mich am nächsten Morgen weckte, hatte er – wie man sah, und wie er mir auch sagte – schon einen längeren Spaziergang hinter sich:

„Frühstück fällt aus, mein lieber Watson!“ erklärte er kurz und bündig. Dann setzte er schmunzelnd hinzu: „Die *Alma mater* wird dich nähren! Erlösen wir Professor Soames von seinen Leiden!“

Auf dem Weg zur Uni pausierten wir kurz bei den vier größten, auf studentischen Bedarf spezialisierten Schreibwarengeschäften. Den Bleistifttyp jedoch, nach dem Holmes so hartnäckig suchte, fanden wir nirgends. Leicht amüsiert reagierten die Verkäuferinnen jeweils mit dem Verweis auf die zwischenzeitlich geänderten Schreibgewohnheiten der studentischen Generation. Füller seien jetzt gefragt. Deutlicher hätte man uns unser fortgeschrittenes Alter kaum vorhalten können! Holmes jedoch nahm's eher von der amüsanten Seite.

In ganz und gar nicht humoriger Stimmung dagegen war Professor Soames, als wir bei ihm eintrafen. Und als Mediziner mußte ich sogar befürchten, daß er vor lauter Nervosität die geplante Prüfung kaum mehr erleben würde.

„Guten Morgen, mein Lieber!“ lächelte ihn Holmes entwaffnend an. „Alles klar – und keiner weiß Bescheid, außer

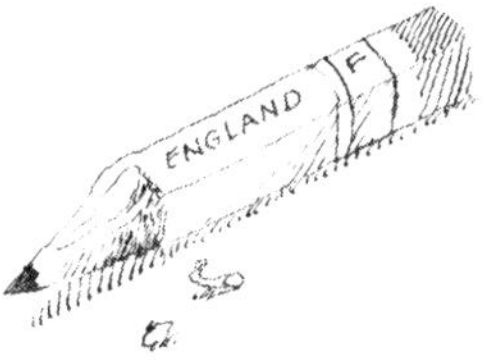

mir! Holen Sie mir bitte Bannister und Gilchrist – und schon bald ist dann die akademische Welt wieder in Ordnung!"

Bannister, noch nervöser als am Vortag, erschien bereits nach gut einer Minute und wurde von Holmes auf einen Platz neben der Schlafzimmertür verwiesen.

Kurz darauf kam auch Gilchrist in Begleitung des Professors.

Er schien guter Dinge zu sein, denn mit sportlichem Schritt und freundlicher Miene näherte er sich dem Detektiv. Schlagartig veränderte sich jedoch sein Gesichtsausdruck, als er Bannister erblickte.

„Die Stunde der Wahrheit ist gekommen, Mr. Gilchrist!" sprach Holmes ihn von der Seite an. „Und keine Ausreden. Es bleibt alles unter uns! Unter welchen Voraussetzungen, können Sie sich denken. Also bitte: eine Beichte!"

„Hast du etwa ...?" Ein verzweifelter Blick traf den Sekretär.

„Nichts habe ich verraten, nichts, Mr. Gilchrist!" kam die nicht minder verzweifelte Antwort.

„Doch, soeben, wenn auch indirekt!" war Holmes' spröder, wenngleich ungewöhnlich sanft klingender Kommentar. „Und jetzt, Mr. Gilchrist, machen Sie bitten reinen Tisch – damit dienen Sie auch den Interessen Ihrer Kommilitonen, Ihren eigenen ohnehin!"

„Ich, ich geb's ja zu!" stammelte der Student nun, als hätte man ihn gerade auf frischer Tat ertappt. „Ich war's, und es tut mir leid. Nötig gehabt für die Prüfung hätte ich es nicht, aber da war plötzlich die Versuchung. Also, es war so: Ich bin, vom Training heimkommend, am Fenster des Professors vorbeigeschlendert, hab' einen Blick hineingeworfen und so seltsame Druckfahnen auf dem Schreibtisch gesehen. Beim Reingehen ist mir dann bewußt geworden, daß das die Prüfungstexte sein mußten! Und als ich dann den Schlüssel im Türschloß sah, bin ich – ohne eine Sekunde zu überlegen – hinein, und ich hatte recht gehabt mit meiner Vermutung. Und eine Ausrede, wenn ich entdeckt worden wäre, hätte ich auch gehabt! Was dann zunächst folgte, nachdem ich meine Spikes-Schuhe auf den Schreibtisch gestellt hatte, ist klar: Schreibarbeit. Ich schrieb, so schnell ich konnte, und versuchte gleichzeitig den Hof im Auge zu behalten.

Darauf, daß der Professor nicht über den Hof, sondern über einen Seiteneingang hereinkommen würde, war ich natürlich nicht vorbereitet. Ich war völlig verschreckt, als ich ihn an der Tür hörte. Ich bin einfach panikartig ins Schlafzimmer gesaust – eine andere Ausweichmöglichkeit hatte ich ja nicht mehr. Meine Schuhe habe ich dabei in der Eile noch vom Schreibtisch gerissen und mitgenommen, mein Handtuch aber in der panischen Eile auf dem Sessel am Fenster liegengelassen!

Später, als der Professor schon längst wieder weg war, hat mich Bannister rausgelassen. Tragen Sie's ihm bitte nicht nach, er wollte nur ein Unglück verhindern und fühlte sich mir verpflichtet. In früheren Jahren war er nämlich der Butler meines Vaters. Und Bannister war es auch, der meinen Sinneswandel bewirkt hat.

Ich habe heute nacht lange nachgedacht und Ihnen, Professor Soames, – also lange vor diesem Gespräch – einen Brief geschrieben, in dem ich Ihnen mitteile, daß ich auf das Stipendium verzichte, das Studium aufgebe und eine Stelle auf den British Bahamas antrete. Dort hat man mir unlängst eine Position als Assistent eines Hotelmanagers angeboten. Nächste Woche schon kann ich da anfangen! *Mea culpa,* meine

Schuld kann ich dazu nur auf lateinisch sagen. Ich bereue alles und hoffe nur, daß Sie mir verzeihen!“

Mit einer Mischung aus Betroffenheit, Sympathie und Entsetzen, was zum Teil nur für den Professor galt, hatten wir den ebenso mutigen wie offenen Worten des jungen Mannes gelauscht. Und wieder einmal war es Holmes, der nach einer kleinen Ewigkeit zuerst das Wort ergriff:

„Ehrliche Worte waren das, Mr. Gilchrist, und es ist nicht an uns, da noch nachzubohren! Unsere Sympathie haben Sie sich, wenn auch auf eine etwas ungewöhnliche Weise, redlich verdient! Und so bleibt uns nur noch eins: Ihnen für Ihre neue Stellung bestes Gelingen und alles Gute zu wünschen. Die Karriere kommt dann ganz von selbst. Und mit Ihrem ausgeprägten, realistischen Gerechtigkeitssinn haben Sie's wahrscheinlich auch leichter als viele Studenten hier, die von der grauen Theorie viel zuviel und vom bunten Leben – auch dem auf den Bahamas – viel zu wenig wissen!“

Als salomonisches oder – besser gesagt – altgriechisch-weises Schlußwort im besten Sinne wäre auch mir das ganz recht gewesen, wären da nicht noch ein paar offene Fragen übriggeblieben, die wir – wie üblich – noch am gleichen Abend klärten.

„Ein paar Anmerkungen dazu noch, Watson“, schmunzelte Holmes, an einem Glas Rotwein nippend. „Also, erstens: Wer's war, war mir spätestens dann klar, als ich von Gilchrists Körpergröße erfuhr! Nur der konnte problemlos vom Hof aus in des Professors Büro hineinschauen! Zweitens verriet ihn dann auch seine Weitsprung-Passion! Die merkwürdigen kleinen Erdpyramiden stammen natürlich von seinen Spikes-Schuhen, wie ich heute morgen auf dem Sportplatz zwingend feststellen konnte! Ebenso der Kratzer auf dem Schreibtisch des Altphilologen.

Daß Bannister sich in den besagten Sessel setzte, hatte natürlich auch einen Grund: Mit seinem Hintern konnte er wirkungsvoll das zurückgebliebene Handtuch von Gilchrist tarnen! Und: Den Bleistift habe ich, wenn auch verspätet, unterm Schreibtisch des Professors entdeckt! Denn der pflegt noch die Altertümlichkeiten, die bei den jungen Leuten am College längst in Vergessenheit geraten sind!

Einer höheren Gerechtigkeit bedarf es schließlich in diesem Fall nicht, wenn der – harmlose – Täter in sich geht, Buße tut und den Schaden eigenhändig wegräumt!“

Der griechische Dolmetscher

Holmes spannte gerade neue Saiten auf seine geliebte Violine, als ich ins Wohnzimmer kam. Dazu pfiff er leise vor sich hin. Es versprach also alles, ein gemütlicher Nachmittag zu werden. Und so kam es auch. Holmes war in einer seiner seltenen lockeren und mitteilsamen Stimmungen. So kamen wir auch auf ein Thema, das er sonst sehr sorgfältig mied: seine Familie.

„Weißt du eigentlich, wem ich meine künstlerischen und musikalischen Neigungen verdanke? Meine Großmutter war eine Schwester des großen Franzosen Vernet! Auch mein Bruder Mycroft scheint seine künstlerische Ader von ihr geerbt zu haben. Von wem wir beide allerdings die ausgeprägte Beobachtungsgabe haben, weiß ich zwar nicht, aber Zufall kann das auch kaum sein!“

„Ist er eigentlich dein großer oder dein kleiner Bruder?“

„Mein großer, das kannst du wörtlich nehmen, außerdem ist er sieben Jahre älter.“

„Wieso kenne ich ihn eigentlich nicht?“

„Ganz einfach, mein lieber Watson. Einmal, weil wir uns selten sehen, zum zweiten, weil er lieber im Hintergrund wirkt, da allerdings mit größtem Erfolg!“

„Wo zum Beispiel?“

„Im Diogenes-Club vor allem!“

Von diesem Club hatte ich noch nie gehört! Und unbekannte Clubs sind meistens zu Recht unbekannt. Schon allein der Name. Unwillkürlich drängte sich mir die Vorstellung auf, daß alle Mitglieder dieses Clubs in äußerster Bedürfnislosigkeit und Zivilisationsfeindlichkeit lebten... womöglich in ähnlich unbequemer und spartanischer Weise wie der alte Diogenes, nämlich in einem Faß!

„Kein Grund zur Aufregung“, schmunzelte Holmes, der mir mein Unbehagen ansah. „Ein kauziger Haufen, ja, aber nicht unsympathisch! Und Mycroft ist der Oberkauz.“ Holmes mußte bei diesem Gedanken lachen. „Wenn du Lust hast, gehen wir mal auf einen Whisky hin. Um diese Zeit ist Mycroft immer anzutreffen, genau gesagt von 17 bis 19.40 Uhr, das heißt, wir haben noch gut anderthalb Stunden für gemeinsame Plaudereien.“

So schlenderten wir kurz darauf in Richtung Pall Mall, zum Club der Käuze.

„Warum", begann ich unterwegs die Unterhaltung, „ist Mycroft nicht Detektiv geworden – bei der Beobachtungsgabe?"

„Berechtigte Frage, Watson, und eigentlich ganz einfach zu beantworten. Es fehlt ihm eine wesentliche Eigenschaft, die einen guten Detektiv ausmacht. In der Praxis stellt er sich nämlich denkbar ungeschickt an, dafür hat er keinerlei Talent. Sich einem Verbrecher mit Hartnäckigkeit und auch einer gewissen Brutalität an die Fersen zu heften ist völlig ausgeschlossen bei ihm. Als Beobachter und Analytiker dagegen ist er eine Klasse für sich. Schon des öfteren habe ich mir bei ihm Rat geholt, wenn ich nicht weiterkam. Und fast immer hat er recht gehabt. Er macht das locker und präzise, aber eben nicht hauptberuflich."

„Aber wieso ist ein Mann mit diesen Fähigkeiten so unbekannt?" Ich mußte da einfach nachhaken, denn solche Wundertiere waren mir eher unheimlich.

„Weil er es nicht anders will! Da sind wir – wie du siehst – völlig gegensätzlich. Es gibt eine Menge Menschen, denen öffentliche Anerkennung gänzlich gleichgültig ist, weil sie ihre Ruhe haben wollen. Genau diese Sorte Mensch trifft sich im Diogenes-Club, den Mycroft übrigens mitbegründet hat. Es ist ein Club für kauzige Individualisten – eigentlich ein Widerspruch in sich, aber es funktioniert. Die Mitglieder wollen da ungestört ihrer Lieblingslektüre frönen, daneben auch einen Sherry, Port oder Whisky zu sich nehmen – sonst nichts. Keiner darf dort einen anderen ansprechen, ihm irgendwie zu nahe kommen, ausgenommen in einem Nebenraum, dem sogenannten Fremdenzimmer. Bei mehrfachem Verstoß gegen diese Grundregel muß sich das betreffende Mitglied einen geselligeren Club suchen!"

Ich betrachtete Holmes zweifelnd von der Seite, und mein Wunsch, diese weltferne Versammlung kennenzulernen, wurde immer geringer. In der Nähe des Carlton hielt Holmes vor einem geschmackvoll renovierten alten Haus aus viktorianischer Zeit. Wir waren da!

Drinnen empfing uns ein weitläufiger, großzügig möblierter Vorraum. Durch eine Glastür sah man direkt in den großen Clubraum hinein, in dem – verstreut und jeder für sich allein – etwa zwanzig eher ältere Herren saßen und in völliger Stille... lasen. Da dies nicht dem Zweck unseres Herkommens entsprach, begaben wir uns ins sogenannte Fremdenzimmer, einen kleinen, intimen Salon mit Blick auf Pall Mall. Mycroft, von einem Butler verständigt, gesellte sich nach drei Minuten zu uns.

Die Ähnlichkeit der beiden Brüder war auf den ersten Blick schon verblüffend: Die gleiche markante Nase, die gleiche unverwechselbare Augenpartie, die gleichen Mundwinkel, die so ausdrucksstark Unwillen, Nachdenklichkeit oder Belustigung anzeigen konnten. Auf den zweiten Blick kamen jedoch die Unterschiede zum Vorschein. Mycroft war vor allem größer und massiger – von der asketischen Lebensweise seines Bruders hielt er wohl weniger.

Wir begrüßten uns herzlich.

„Na, was führt euch her?"

Ich war von Mycrofts aufgeräumtem Umgangston sehr angenehm überrascht. Und begann mich in diesem Club der Käuze schon wesentlich wohler zu fühlen.

„Nein, nichts Konkretes, mein Lieber", wehrte Holmes ab. „Obwohl, Watson wollte dich mal kennenlernen, den Club auch, und daß wir beide unsere brüderliche Verbundenheit immer mal wieder auffrischen, ist mir – dir, denke ich, auch – ein Herzensanliegen."

„Ganz recht. Aber da du mit deinen Hintergedanken nicht immer freiwillig rausrückst, habe ich mir diese Frage erlaubt. Nun, beginnen wir beim Club. Das Interessanteste hier sind – wie könnte es anders sein – die Mitglieder, Originale allesamt. Dr. Watson, betrachten Sie nur einmal den Herrn da mit dem Stock!"

„Zweifellos ein Ex-Soldat!" bemerkte Holmes.

„... der erst kürzlich seinen Abschied genommen hat!" ergänzte Mycroft.

„Sicher ein Witwer."

„... der sich um sein Kind kümmern muß!"

„Eins? Nein, mindestens zwei."

„Wenn's so weitergeht", warf ich laut lachend ein, „seid Ihr bald bei seiner Blutgruppe."

„Das wohl nicht", schmunzelte Mycroft. „Aber den Typus des alten Herrn herauszuarbeiten ist durchaus kein Problem. Beginnen wir bei seiner kerzengeraden Haltung und seinem ziemlich autoritären Habitus... ein typischer Soldat. Er ist mit Sicherheit Offizier... Oberst vermutlich. Das von Wind und Wetter gegerbte Gesicht ist ein deutlicher Hinweis darauf, daß er gedient hat."

„Daß er noch nicht lange außer Dienst ist, verraten seine zum Teil von Hosenbeinen verdeckten Kommißstiefel!" ergänzte ich.

„Was sein Privatleben betrifft", griff nun Mycroft wieder ein, „so ist zu dessen Offenlegung nur ein bißchen kreative Analytik nötig. Sein für die Verhältnisse hier untypischer, anthrazitfarbener Anzug besagt in Verbindung mit seiner so gar nicht vom Ruhestand erheiterten Miene, daß er einen ihm sehr nahestehenden Menschen verloren hat! Den Päckchen und Tüten unterm Tisch nach zu schließen, tätigt er seine Einkäufe selbst. So wird's wohl seine Frau gewesen sein, die bei der Geburt seines zweiten Kindes gestorben ist. Denn zum Teil sind das eindeutig Babysachen, die er da mit sich herumschleppt. Und die Bücher sind offensichtlich ein Mitbringsel für ein weiteres Kind mittleren Alters!"

Langsam begriff ich, warum Holmes so viel von der Beobachtungsgabe seines Bruders hielt. In der Tat war der noch besser! Die Verblüffung darüber war wohl in mein Gesicht geschrieben, jedenfalls schmunzelte Holmes mir zu, als dächte er: „Na, mein Lieber, habe ich nicht recht gehabt?" Zufrieden mit sich und der Welt, fingerte Mycroft derweil nach seiner Schnupftabakdose. Dann wandte er sich wieder an Holmes:

„Nach dieser teilweise recht lustigen Trockenübung, Sherlock, habe ich noch einen Anschlag ernsterer Art auf dich vor, wo du schon mal hier bist. Man hat mich um Rat in einer mysteriös-makabren Angelegenheit gebeten. Analysiert habe ich sie zwar schon, bin dabei auch auf kriminelle Zusammenhänge der seltsamsten Art gestoßen. Der Sache wirklich nachgegangen bin ich jedoch noch nicht. Darf ich den Fall einmal mit dir durchsprechen?"

„Aber gern", antwortete Holmes interessiert.

Mycroft schrieb daraufhin einige Zeilen in sein Notizbuch, riß die Seite heraus und reichte sie einem der Diener.

„Das ist die Bitte an Mr. Melas, mal kurz zu uns herüberzukommen. Er wohnt nämlich direkt über mir. Befreundet sind wir nicht, aber gut bekannt. Das war offensichtlich für ihn Grund genug, mich vor ein paar Tagen in der besagten Angelegenheit anzusprechen. Wenn mich nicht alles täuscht, ist er

Grieche und von Beruf Linguist. Sein Geld verdient er vorwiegend als Dolmetscher. Neben dieser Tätigkeit – für Gerichte, Kanzleien und einige Firmen – ist er gelegentlich Reiseführer für reiche Araber, die ihr Geld besonders gern hier in London ausgeben. Doch Näheres sollte besser er selbst erzählen!“

Wenig später kam Melas in unseren Salon – ein kleinwüchsiger Mann mit pechschwarzem Haar und einem bronzenen Teint. Sein völlig akzentfreies Englisch, mit dem er uns begrüßte und sich gleichzeitig vorstellte, ließ seine Herkunft noch nicht einmal ahnen.

„Ich bin glücklich über Ihre Anwesenheit, Mr. Holmes! Einmal, weil ihre Mitwirkung die Lösung meines Problems geradezu garantiert, zum anderen, weil es völlig sinnlos wäre, die Polizei damit zu behelligen. Man würde meine Geschichte wahrscheinlich für ein orientalisches Märchen aus Tausendundeiner Nacht halten. Ich selbst bin ja bisher glimpflich davongekommen, aber ich finde nicht eher Ruhe, bis der Mann mit den Heftpflastern wieder frei ist!“

„Heftpflaster?“ fragte Holmes leicht verblüfft. „Bitte, geben Sie uns doch einen etwas genaueren Bericht!“

„Also, vor drei Tagen, am Montag, da fing alles an. Da ich mehr als ein halbes Dutzend Sprachen beherrsche, bin ich als Dolmetscher recht gut im Geschäft. Schwerpunkt ist dabei natürlich meine Muttersprache, Griechisch. Wenn es in den Hotels sprachliche Probleme gibt, werde ich oft auch noch abends geholt. Deshalb war es ein völlig normaler Vorgang für mich, als mich am Montag abend ein Herr aufsuchte, der seinen Namen mit Mr. Latimer angab. Er würde gerade Verhandlungen mit einem griechischen Geschäftsfreund führen, der kaum Englisch spreche, während er selbst des Griechischen noch weniger mächtig sei. Er bat mich daher, ihn zu begleiten. Vor der Tür warte eine Droschke. Allerdings hätten wir eine relativ lange Fahrt, nämlich nach Kensington, vor uns.

Auf der Straße drängte er mich regelrecht in einen Wagen hinein, was ich zunächst seiner Eile zuschrieb. Erst später wurde mir bewußt, daß ich in keiner Droschke saß, zuvor also belogen worden war. Andererseits war es ein recht geräumiger Wagen, in dem man – von den Vordersitzen abgesehen – bequem von Angesicht zu Angesicht sitzen konnte. Was wir auch taten. Eine Weile fuhren wir so durchs abendliche, düster-dunkle London. Allerdings war es nicht die Strecke nach Kensington! Von mir darauf angesprochen, leugnete Latimer dies auch gar nicht, vielmehr zog er eine Pistole – ich glaube, eine deutsche Walther – aus seiner Jacke und legte sie wortlos neben sich. Dann nahm er sein Halstuch und verband mir die Augen.

Das ließe sich leider nicht vermeiden, sagte er, unser Fahrtziel sei geheim. Und auf eine erneute, eventuell von mir ausgehende Begegnung lege er keinen Wert.

Langsam kroch die Angst in mir hoch, schließlich hatte man mich ja gekidnappt. Meine Chancen zur Gegenwehr oder Flucht waren so gut wie gleich Null. Daß er sich damit der gewaltsamen Freiheitsberaubung schuldig mache, habe ich zwar gesagt, glaubte aber selbst nicht dran, daß ihn das beeindrucken würde. Er wisse das sehr wohl, antwortete er, habe aber keine andere Wahl. Im übrigen würde man mich für die Unannehmlichkeiten ausreichend entschädigen. Vor Eigenmächtigkeiten jedweder Art warnte er mich eindringlich. Das würde mir schlecht bekommen!

Jeden Gedanken daran, mich zu widersetzen, hatte ich spätestens zu diesem Zeitpunkt aufgegeben. Es wäre auf reinsten Selbstmord hinausgelaufen. Nach gut zwei Stunden war die Fahrt dann zu Ende. Ich durfte die Augenbinde abnehmen, wir stiegen aus, und ich wurde durch eine offene Haustür geschubst. Da die Diele nur schwach beleuchtet war, habe ich wenig erkennen können, einige Bilder, ja, nicht dagegen die Motive. Der, wie ich annehme, Hausherr, ein unangenehmer Mann mit Brille von etwa vierzig Jahren, hat sich unter Hinweis auf seine sprachliche Notlage mit gewundenen Worten für die Entführung entschuldigt, freilich nicht ohne den Hinweis, daß es mir schlecht erginge, wenn ich nicht nach seiner Pfeife tanzen würde. Was denn von mir erwartet werde, habe ich ihn gefragt.

Einem griechischen Gast nur ein paar Fragen auf griechisch zu stellen und die Antworten zu übersetzen, war seine Antwort.

Wie mir zumute war, können Sie sich vorstellen! Daran änderte sich auch nichts, als ich in einen ausgesprochen luxuriösen Salon geführt wurde – mit einem kostbaren Orientteppich, mit einer schier unbezahlbaren, vergoldeten Ritterrüstung und ähnlichen Antiquitäten. Auf einem bespannten Stuhl, direkt unter dem Kronleuchter, mußte ich Platz nehmen. Latimer verließ dann den Raum und kam nach wenigen Minuten in Begleitung eines weiteren Mannes zurück. Vielleicht sollte man eher eines Greises sagen, denn der alte Mann bestand fast nur noch aus Haut und Knochen und schlurfte – in eine Art Bademantel gekleidet – ganz langsam auf mich zu!

Nur aus seinen Augen blitzten noch Spuren von Selbstbewußtsein und Lebenswillen. Es war ein schrecklicher Anblick.

Am schrecklichsten jedoch war die Art, in der sein Gesicht

verunstaltet war: Lauter Pflaster klebten kreuz und quer darin... auch über seinem Mund! Neben mir wurde er in einen Sessel gestoßen. Latimer drückte ihm einen großen Notizblock sowie einen Stift in die Hand.

Ich sollte ihm auf griechisch Fragen stellen, der alte Mann sollte die Antwort notieren, die ich wiederum ins Englische zurückübersetzen sollte.

Zunächst mußte ich ihn fragen, ob er bereit sei, die ‚Papiere' zu unterschreiben. Seine Antwort darauf lautete: ‚Niemals!'

Unter welchen Bedingungen er eventuell doch bereit sei? ‚Trauung durch einen griechischen Priester.' Ich als Trauzeuge!

Ob er denn selbst vor brutalsten Mitteln keine Angst habe? ‚Mir geht es nicht um mein Schicksal!'

Das war, Mr. Holmes, wenn auch etwas verkürzt, der wesentliche Inhalt dieses seltsamen Dialogs. Jedoch wurden die genannten Fragen in immer neuen Variationen immer wieder gestellt. In ähnlicher Weise erfolgten die Antworten: Der alte Mann wollte sich nicht beugen, nicht erpressen lassen, wollte bestimmte Papiere nicht unterschreiben, und alle Drohungen prallten an ihm ab!

Mir aber gab dieses Gespräch doch die Möglichkeit, an die übersetzten Fragen noch kurze eigene Fragen anzuhängen. Die beiden Erpresser haben nichts davon gemerkt! Dadurch erfuhr ich, daß es sich um einen Mr. Paul Kratides aus Athen handelt, der da seit etwa drei Wochen gefangengehalten wird. Man läßt ihn langsam verhungern. Ein paar Minuten noch, und ich hätte ganz unauffällig ein vollständiges Interview beisammengehabt, mit dem die anschließende Verfolgung der beiden Täter wahrscheinlich ein leichtes gewesen wäre.

Aber dazu kam es nicht mehr, denn die Tür ging auf, und eine recht hübsche junge Dame trat ein. Auf ihrem Zimmer, allein, halte sie es nicht mehr aus, sagte sie zu Latimer. Aber in diesem Moment muß sie wohl den Alten entdeckt haben, denn plötzlich schrie sie auf:

‚Paul! Paul! Geliebter Bruder! Was haben sie mit dir gemacht?‘

Der alte Grieche, den sie mit Paul angesprochen hatte, riß sich praktisch im gleichen Augenblick das Pflaster von seinem Mund und schrie:

‚Sophie! Meine liebe Schwester!‘

Dann lagen sie sich in den Armen. Indes, die Wiedersehensfreude währte nur kurz, denn Latimer und der Mann mit Brille rissen sie mit Gewalt auseinander und zerrten sie durch verschiedene Türen nach draußen. Wohin – ist mir nicht bekannt. Mir blieb wenig Zeit für weitere Überlegungen. Schon kurz darauf kam der Mann mit der Brille zurück und erklärte meinen Einsatz für beendet. Auf das – recht großzügige – Honorar, das er mir dabei in die Hand drückte, kam es mir in diesem Augenblick nicht an, zumal er hinzufügte, ich würde den Tag meiner Geburt verfluchen, wenn ich auch nur einer Menschenseele von diesem Abend berichten sollte. Er verfüge über ein lückenloses Netz von Informanten. Jeder meiner Schritte werde überwacht. So eingeschüchtert, hätte ich ihm wahrscheinlich alles mögliche und nicht nur das versprochen. Ich wollte nur raus aus dieser Räuberhöhle, wollte unversehrt nach Hause!

Wie bei der Hinfahrt, wurde ich auch bei der Rückfahrt von Latimer in den Wagen gestoßen, und erneut wurden mir die Augen verbunden. Dann ging's los. Wir waren schon mindestens eine Stunde gefahren, als der Wagen plötzlich hielt und Latimer mich aufforderte auszusteigen. Bis vor die Haustür könne er mich leider nicht bringen, erklärte er ohne nähere Begründung, woraufhin ich ausstieg. Der Wagen wendete und verschwand in der Dunkelheit!

Da stand ich nun im Finstern, mitten in einer Heidelandschaft. Nur in der Ferne konnte man die Lichter einiger Häuser sehen, außerdem ein paar Signalleuchten der Bahn. Glück im Unglück hatte ich insofern, als ich jemanden hörte, der mir im Dunkeln entgegenkam. Es war ein Bahnwärter, der mir den Weg nach Clapham Junction zeigte, wo ich, wie er sagte, noch eine Chance hätte, den letzten Zug nach Victoria-Station zu erreichen. Ich habe es dann auch gerade noch so geschafft!

Der arme alte Grieche, dem ich so gerne helfen würde, wird wahrscheinlich noch immer gefangengehalten und erpreßt.

Und mit Anhaltspunkten kann ich wenig dienen.

Weder weiß ich, wo das Haus steht, in dem er eingesperrt ist, noch sind mir die wirklichen Namen der beiden Erpresser bekannt. Latimer dürfte sicherlich ein Deckname sein. Allein komme ich da nicht weiter! Um wenigstens die Zahl der Mitwisser zu erhöhen, habe ich meine Erlebnisse am nächsten Morgen Ihrem Bruder erzählt."

Noch eine ganze Weile, nachdem der Dolmetscher seinen Bericht beendet hatte, saßen wir stumm in unseren Sesseln und grübelten über diesen seltsamen Fall.

Holmes war der erste, der seine Sprache wiederfand: „Wurde schon irgend etwas in die Wege geleitet?"

„Ja, wir haben Anzeigen in allen wichtigen Tageszeitungen geschaltet", bemerkte Mycroft und deutete auf eine Anzeige in den Daily News:

Wer kennt Paul und/oder Sophie Kratides aus Athen? Wo halten sie sich derzeit auf? Hohe Belohnung für sachdienliche Hinweise! Chiffre 2473.

„Hat die griechische Botschaft irgendwelche Erkenntnisse?“ erkundigte ich mich.

„Nein“, bedauerte Mycroft.

„Dann wenden wir uns halt an Einwohnermeldeamt und Polizeipräsidium in Athen. Da müssen Erkenntnisse vorliegen!“ brummte Holmes.

„Auf die Idee wäre ich zum Beispiel nicht gekommen, Sherlock“, kommentierte Mycroft ohne ein Anzeichen von Bedauern. „Für die Aufklärung dieses Falles ist ohnehin der Beste gerade gut genug – und das bist du. Hältst du mich auf dem laufenden?“

„Selbstverständlich. Und nicht nur dich, sondern auch Mr. Melas, dem ich übrigens eindringlich empfehlen muß, sich für eine Weile zurückzuziehen oder sich mit Leibwächtern zu umgeben. Die Anzeige ist für die Erpresser eine Kriegserklärung, und ihre Drohungen sind ernst zu nehmen!“

Auf dem Heimweg gab Holmes noch eine ganze Salve von Telegrammen in alle Himmelsrichtungen ab, ohne mir allerdings zu erzählen, wem er schrieb und warum!

Schließlich wandte er sich an mich: „Eigentlich, mein lieber Watson, wollte ich dir ja nur einen Eindruck vom Club und von meinem Bruder vermitteln, was mir ja augenscheinlich bestens gelungen ist. Mycroft hat eigentlich immer einige ungelöste Fälle auf Lager. In den Grundzügen ist dieser neue Fall ja schon geklärt, aber die meisten der Mosaiksteinchen passen noch nicht nahtlos zueinander. Schildere mir doch bitte mal deine Version dieser mysteriösen Angelegenheit!“

„Ich nehme an, daß Latimer Sophie Kratides in Athen gekidnappt und nach England entführt hat“, entgegnete ich, stolz auf meine Kombinationsgabe. „Nein, Watson“, Holmes schüttelte energisch den Kopf, „das ist äußerst unwahrscheinlich! Wie hätte er sie in Athen denn kennenlernen können, nachdem er noch nicht einmal ein paar Brocken Griechisch beherrscht? Dieser Umstand spricht übrigens auch dagegen, daß er selbst jemals in Griechenland war. Aufgrund ihrer Englischkenntnisse ist es daher viel wahrscheinlicher, daß sich die junge Dame schon eine Weile in England aufhält.“

„Weil Latimer sie überredet hat, im Land zu bleiben?“

„Ja, das ergibt einen Sinn.“

„Dann ist es wahrscheinlich auch so, daß die Familie Kratides in höchster Sorge ist, denn sie hat sicherlich von der Tochter schon lange kein Lebenszeichen mehr erhalten. Paul Kratides ist also nach London gekommen, um nach seiner viel jüngeren Schwester zu fahnden. Doch hier ist er von Latimer und seinem Kompagnon abgefangen, eingesperrt und unter Druck gesetzt worden. Vielleicht ist er der Treuhänder für das Vermögen seiner Schwester? Gäbe er die Treuhandschaft auf, hätten Latimer und die anderen über Sophie Kratides ungehinderten Zugang zu diesem Vermögen. Daher brauchten sie so dringend die Unterschrift ihres Gefangenen! Für die Verhandlungen benötigte man einen Dolmetscher. So kam Mr. Melas ins Spiel. Daß Sophie Kratides mit ihrem Bruder zusammentraf, dürfte wahrscheinlich unbeabsichtigter Zufall gewesen sein!“

Ich war beim Reden selbst mehr und mehr zu der Überzeugung gekommen, daß die von mir entwickelte Theorie richtig war. Nun war ich gespannt auf Holmes' Antwort.

„Brillant, mein lieber Watson! Das könnte ein Volltreffer

sein. Entscheidend wird also sein, daß – und wie schnell – wir den geheimen Aufenthaltsort der Geschwister Kratides herausbekommen. Grundsätzlich dürfte das eigentlich kein Problem sein. Je eher aber, um so besser! Denn den beiden Erpressern traue ich alles zu!"

Ich war nicht so optimistisch wie mein Freund. „Wie wir die Adresse des Hauses herausbekommen sollen, ist mir völlig unklar, Holmes!"

„Da bin ich weniger pessimistisch. Das Mädchen hält sich doch schon einige Zeit in London auf und hat folglich Spuren hinterlassen... das heißt mehr oder minder flüchtige Bekanntschaften gemacht. Sie hat Englisch gelernt, irgendwo gewohnt... Dutzende dürften es sein, die Sophie von irgendwoher irgendwie kennen. Und du weißt doch, wie sehr Belohnungen das Erinnerungsvermögen auffrischen." Dabei zwinkerte Holmes mir gutgelaunt zu.

Unser Haus in der Baker Street hatten wir mittlerweile zu Fuß erreicht, und fast wie im Märchen vom Hasen und Igel kamen wir uns vor, als Holmes die Wohnzimmertür öffnete. Denn Mycroft saß da im Sessel, zog genüßlich an seiner Pfeife und schmunzelte uns an:

„Um euch die Frage zu ersparen: Ich bin mit dem Wagen gekommen! Der Fall fasziniert mich und entfesselt ganz ungewohnte Energien in mir. Daß das auch Früchte trägt, kannst du gleich nachlesen. Die erste Reaktion auf meine Annonce ist eingetroffen! Wir haben die Adresse der beiden Griechen! Am besten lese ich den Brief vor:

Sehr geehrter Herr,
unter Bezugnahme auf Ihre Anzeige in der TIMES teile ich Ihnen mit, daß mir Sophie Kratides bestens bekannt ist. Einzel-

heiten sollten besser einem persönlichen Gespräch zwischen uns vorbehalten bleiben. Der gegenwärtige Aufenthaltsort dieser reizenden, vom Schicksal derzeit nicht verwöhnten jungen Dame ist The Myrtles, *Beckenham.*
Mit freundlichen Grüßen
J. Davenport.

Der Brief kommt aus Lower Brixton. Ich schlage vor, wir fahren gleich los zu jenem Mr. Davenport!"

„Nein, Mycroft, da muß ich dir ausnahmsweise mal widersprechen. Paul Kratides ist in Lebensgefahr. Je eher wir daher in Beckenham sind, um so besser!

Inspektor Gregson von Scotland Yard nehmen wir, falls er verfügbar ist, mit. Ich werde sofort telefonieren."

„Wär's nicht auch sinnvoll, Mr. Melas mitzunehmen?" warf ich ein. „Neugriechisch beherrscht keiner von uns."

„Hast recht, mein Freund!" bestätigte mich Holmes. „Wir dürfen keine Minute mehr verlieren! Laß eine Droschke holen. Nimm auch du deinen Revolver mit. Die beiden sind bewaffnet!"

Nur eine Viertelstunde später hatten wir die Wohnung von Mr. Melas erreicht, trafen aber nur seine Haushälterin an. Ein kleiner Herr mit Brille habe ihn aufgesucht, und mit diesem sei Melas nicht in einer Mietdroschke, sondern in einem auffallend großen Privatwagen davongefahren, sagte sie. Wohin, wisse sie nicht. Ebensowenig, wann er zurückkomme.

„Jetzt tragen wir die Verantwortung für zwei Todeskandidaten!" schnaubte Holmes. „Und Melas muß teures Lehrgeld dafür zahlen, daß er nicht auf mich gehört hat. Hoffentlich ist Inspektor Gregson fertig."

In diesem Punkt wurde er enttäuscht, was aber nicht an Gregson lag. Über eine Stunde mußte der Inspektor im Gerichtsgebäude nach dem zuständigen Richter suchen, bis er endlich einen Durchsuchungsbefehl in der Hand hatte. Um den Zeitverlust wenigstens etwas zu reduzieren, nahmen wir einen Eilzug ab London Bridge. Eine Dreiviertelstunde später hatten wir Beckenham erreicht. Eine Droschke brachte uns zu dem Haus mit dem romantischen Namen: „Die Myrten". Groß, dunkel und unheimlich lag das Gebäude vor uns, als wir schnell über den knirschenden Kies der Auffahrt dem Eingang zustrebten.

„Zu spät!" fluchte Holmes. „Das Haus ist leer! Sie hatten sogar noch Zeit zu packen!"

„Woher wollen Sie denn das wissen?" fragte der Inspektor erstaunt und gleichzeitig reserviert. Holmes war ihm manchmal unheimlich.

Doch Holmes bemerkte den Tonfall gar nicht. Er war mitten in seinem Element. „Schauen Sie sich doch mal genau die Spuren des Wagens an, Gregson. Ich will sie Ihnen erklären. Die Wagen sind rein- und rausgefahren. Die Spuren sind nach der Abfahrt deutlich tiefer, woraus folgt, daß der Wagen schwerer beladen war! Und das liegt nicht nur an der zusätzlichen menschlichen Fracht."

Wie nun zu erwarten, war unser heftiges Klingeln und Klopfen an der Tür vergeblich. Auch der Versuch, gewaltsam einzudringen, scheiterte kläglich. Die schwere Eichentür widerstand all unseren Bemühungen!

Wieder war es Holmes, der auf die rettende Idee kam: Mit einem Einbrechertrick gelang es ihm, ein Fenster zu öffnen. Wir folgten ihm rasch und ohne Vorwürfe. Nachdem Licht gemacht worden war, bemerkten wir, daß wir uns im gleichen

Raum befanden, den Melas uns geschildert hatte: Der Orientteppich, die Ritterrüstung – alles stimmte. Reste einer Mahlzeit und Cognacgläser standen noch auf dem Tisch.

„Offensichtlich haben sie auf irgendeinen Erfolg angestoßen", kommentierte Holmes. „Ruhe! Was war das?"

Mit angehaltenem Atem standen wir im Raum und lauschten. Dann hörten wir es alle: Ein leises Stöhnen, gelegentlich noch ergänzt durch trampelnde Signale auf dem Boden.

War das Haus also doch nicht leer?

Da stürmte Holmes schon die Treppe hinauf, und wir alle folgten, so schnell es ging. Oben hatte Holmes das Zimmer ausgemacht, aus dem die immer schwächer werdenden Geräusche stammten. Es war zwar verschlossen, doch der Schlüssel steckte. Ein Handgriff – und Holmes stürzte ins Zimmer. Doch fast sofort war er wieder draußen, kreidebleich und taumelnd.

„Giftgas!" stöhnte er.

Von der gegenüberliegenden Flurwand aus nahm er dann Anlauf, hielt die Luft an und hastete erneut ins Zimmer, wo er einen Stuhl packte und diesen durchs Fenster schleuderte.

Ein Glas mit einer brodelnden Flüssigkeit stand im Zimmer. Holmes nahm es und warf es gleich hinterher. Dann torkelte er wieder, nach Luft ringend, zu uns auf den Flur.

„So, das wär's, meine Herren! Jetzt kümmern wir uns um die Opfer!"

Zu viert und kaum atmend, eilten wir ins Zimmer und zogen die beiden Gestalten, die zusammengesunken und leblos am Boden lagen, auf den Flur.

Durch die Wirkung des Gases waren ihre Gesichter aufgedunsen, und es war kaum zu erkennen, wer da vor uns lag: Paul Kratides und Mr. Melas. Wie ich schnell herausfand, kam jede Hilfe für Kratides zu spät. Er war tot. Sein durch das wochenlange unfreiwillige Hungern geschwächter Körper hatte dem Gas nichts mehr entgegenzusetzen gehabt. Anders Melas: Das Gas hatte ihn, den Sportlichen, nur vorübergehend außer Gefecht setzen können. Ein paar Schluck vom Cognac des Hausherrn — und langsam kehrten seine Lebensgeister wieder zurück.

Nach etwa einer Stunde war er endlich in der Lage, uns alles zu berichten.

Jetzt bedauerte er, nicht auf den Rat meines Freundes gehört zu haben. Keinerlei Sicherheitsvorkehrungen hatte er getroffen, und so war es für Latimers Kumpan ein leichtes gewesen, in seine Wohnung einzudringen.

In Beckenham mußte er erneut als Dolmetscher tätig werden, allerdings unter veränderten Bedingungen. Von Kratides wurde diesmal die Unterschrift unter die vorbereiteten Dokumente verlangt, andernfalls werde er gnadenlos hingerichtet. An der Haltung des Paul Kratides vermochte indes selbst das drohende Todesurteil nichts zu ändern.

Nach seinem letzten Nein wurde Kratides wieder eingesperrt. Mit Melas machte man nun kurzen Prozeß. Den aus der Annonce ersichtlichen Verrat zu leugnen, versuchte er erst gar nicht. Man führte ihn also zum Zimmer, in dem auch Kratides gefangengehalten wurde, und schlug ihn bewußtlos. Vorsichtshalber wurden beide Gefangenen noch gefesselt, um sie zusätzlich an der Möglichkeit zu hindern, durchs Fenster zu fliehen. Dann hatte man das Gas ins Zimmer gebracht. Dabei handelte es sich um ein neues Pulver oder Granulat, das erst im Zusammenhang mit Wasser hochgiftige Dämpfe entwickelt. Holmes, der die Substanz im nachhinein untersuchte, erläuterte mir auch deren Formel und Reaktionsmechanismus. Davon aber habe ich freilich nur höchstens die Hälfte verstanden.

Am Abend erfuhren wir von Mr. Davenport, der uns die Adresse von *The Myrtles* brieflich verraten hatte, Näheres über Sophie Kratides. Sie war die Tochter eines reichen griechischen Reeders und anfangs bei Londoner Freunden zu Gast gewesen. In dieser Zeit lernte sie Harold Latimer kennen, der tatsächlich so hieß. Ob dabei Liebe im Spiel war, ist nicht bekannt. Sicher ist nur, daß sie von ihm abhängig war – wahrscheinlich war sie aber rauschgiftsüchtig. Als sie zu ihm zog, verloren ihre Freunde sie aus den Augen. Ebenso erging es ihrer Familie in Athen, die daraufhin ihren um viele Jahre älteren Bruder Paul nach London schickte, wo er alsbald Latimer und seinem Komplizen, Wilson Kemp, in die Hände fiel. Per Unterschrift sollte er auf die treuhänderischen Vollmachten hinsichtlich des Vermögens seiner Schwester verzichten. Anschließend hätte Latimer Sophie Kratides wohl zur Heirat gezwungen und damit auch die Verfügungsgewalt über ihren nicht unerheblichen Besitz gehabt.

Eher harmlos im Vergleich zu den massiven Erpressungsmanövern war der Grund für die Pflaster im Gesicht von Paul Kratides. Da die Geschwister, ohne es zu wissen, im gleichen Haus untergebracht waren, wollte man verhindern, daß Sophie ihren Bruder erkennen könnte, falls es zu einer zufälligen Begegnung gekommen wäre — ein Trugschluß, wie sich gezeigt hatte. Ein durchaus realistisches Gespür zeigten Latimer und Kemp dagegen, als sie annahmen, daß man ihnen ganz dicht auf der Spur war. Kurz entschlossen und mit allem Gepäck verließen sie die – möbliert angemietete – Villa und setzten sich ins Ausland ab, vermutlich in Begleitung von Sophie Kratides.

Nicht lange danach ging eine Meldung aus Budapest durch alle großen englischen Zeitungen.

Unter Berufung auf die dortige Polizei berichtete eine Nachrichtenagentur, daß zwei Engländer einem tragischen Giftgasunfall zum Opfer gefallen seien. Im gemeinsamen Hotelzimmer, das sie mit einer jungen Dame teilten, war mitten in der Nacht eine Blumenvase aus bisher ungeklärten Gründen umgefallen. Dabei hatte sich das Wasser über eine noch unbekannte chemische Substanz ergossen. Dadurch hatten sich tödliche Giftdämpfe entwickelt. Die ärztliche Untersuchung ergab, daß die beiden Urlauber zuvor eine hohe Dosis an Schlafmitteln eingenommen hatten. Möglicherweise hatten sie versucht, trotz des Lärms der Züge, die am Hotel vorbeifuhren, zu schlafen. Die junge Frau, eine Griechin, so hieß es in der Meldung, habe das Hotel gleich am nächsten Morgen mit unbekanntem Ziel verlassen.

Als ich Holmes beim Frühstück auf diesen Artikel hinwies, schmunzelte er zunächst nur. Doch dann bequemte er sich zu einem kurzen Kommentar: „Denk immer dran, mein lieber Watson: Die Rache ist süß und weiblich, und auch Justitia, die Göttin der Gerechtigkeit, ist eine Frau!“

Die Löwenmähne

Es war Ende Juli, Hochsommer also selbst in England und Urlaubszeit – auch für uns. Holmes und ich hatten uns ein Landhaus in Sussex gemietet, ganz in der Nähe der Küste. Mrs. Hudson war mit uns gekommen und hatte so die Möglichkeit, sich zumindest teilweise auch zu erholen, was in dieser herrlichen Gegend geradezu einzigartig möglich war. Sussex liegt an der Südküste Englands, in unmittelbarer Nachbarschaft des Ärmelkanals also. Über viele Kilometer bilden, von See aus gesehen, dort die hellen weißen Kreidefelsen die

Küstenlinie. Um von unserem Haus aus ans Wasser zu kommen, mußte man ein Gefälle von etwa hundert Metern überwinden und einen langen, wildromantischen und steilen Fußweg mit unzähligen Windungen hinabsteigen.

Hatte es zuvor geregnet, war das allerdings ein lebensgefährliches Unterfangen. Jeder Schritt auf dem glitschigen Untergrund konnte dann der letzte sein!

Die Uferzone selbst besteht in dieser Gegend aus einem sechzig Meter breiten und sehr flachen Kieselstrand. Im Lauf der Zeit hatte das Meer dort, wenn es über die Ufer trat, einige größere Mulden gegraben – mit einer Ausdehnung von bis zu hundert Metern und bis zu fünf Metern tief. Was lag näher, als von diesen Mulden Gebrauch zu machen? Es waren die idealen Swimmingpools! Wie man sich leicht denken kann, hatte das Wasser in ihnen eine um etwa fünf Grad höhere Temperatur. Zum Schwimmen optimal!

Einen schöneren Aufenthaltsort als unser Landhaus hätten wir uns kaum vorstellen können. Die einsame Lage war für unsere Erholungszwecke bestens geeignet. Selbst wenn man den Begriff Nachbarschaft großzügig auslegt, befand sich nur ein Anwesen in der Nähe: *The Gables,* ein Komplex mit mehreren Bauten, in denen Lehrwerkstätten und Schulräume untergebracht waren. Harold Stackhurst, Leiter und Besitzer dieser Gebäude, gab dort einigen Dutzend junger Leute die Möglichkeit, sich durch Praxis und Theorie auf einen gewerblichen Beruf vorzubereiten. Stackhurst hatte in Oxford studiert, hatte als Mitglied der Rudermannschaft die Konkurrenten aus Cambridge mehrfach geschlagen, aber er hatte auch mit seinen akademischen Leistungen immer zur Spitzengruppe gehört.

Erstklassige Pädagogen sind zumeist auch angenehme Zeitgenossen, und so war es kein Zufall, daß wir uns oft am Abend gegenseitig besuchten. Keinem anderen Nachbarn hätte Holmes dieses seltene Privileg eingeräumt.

Wenn ich in diesem Zusammenhang „wir“ sage, so ist das insofern nicht ganz korrekt, weil ich als Arzt oft unvermeidliche berufliche Pflichten wahrnehmen mußte und deshalb oft tagelang in London weilte.

Bei den meisten Begebenheiten des Falles, den ich jetzt schildere, war ich daher nicht zugegen. Holmes hat mir die Geschichte im nachhinein erzählt, insofern ist es eine Geschichte aus seiner Sicht. Und ich habe auf eigene Wertungen dabei weitestgehend verzichtet.

Wer der Meinung ist, Hochsommer in Südengland sei immer gleichbedeutend mit Sonne oder doch zumindest freundlichem Wetter, irrt sich gewaltig!

Die über Island liegenden Tiefdruckgebiete schicken gelegentlich ihre äußerst unfreundlichen Ausläufer und Störungen nach Südengland, wo sie sich austoben und nur noch mit abgeschwächter Intensität auf den Kontinent weiterziehen. Gar nicht so selten erreichen diese „Störungen“ orkanartige Ausmaße. Und ausgerechnet im Urlaub passierte es uns, daß ein solcher Orkan Sussex heimsuchte.

Unserem stabilen Haus konnte der mit Windstärke 12 dahinbrausende Wind zwar nichts anhaben, doch flogen immerhin einige Dachziegel davon. Und die Springflut, die meterhoch gegen die Kreidefelsen anstürmte, konnte uns erst recht nicht erreichen.

Schlagartig, noch in der Nacht, erstarb dann der Sturm, der die Mulden wieder bis zum Rand mit Wasser gefüllt hatte, und am nächsten Morgen war wieder Urlaubswetter.

Ich mußte für mehrere Tage nach London und verabschiedete mich. Zu gern hätte ich mit Holmes einen ausgedehnten Spaziergang durch das Land unternommen, das im Sonnenlicht glänzte, als habe es sich mit Millionen von Perlen geschmückt!

So ging Holmes also allein auf Wanderschaft. Mit sich und der Welt rundherum zufrieden, wanderte er den schmalen Klippenweg mit der herrlichen Aussicht aufs Meer entlang, als ihn Rufe aufschreckten. Es war Stackhurst, der ihm mit schnellen Schritten gefolgt war.

„Guten Morgen, Holmes! Habe ich doch richtig getippt. Ich vermutete sie hier draußen!"

„Und ich vermute nicht nur, ich stelle fest, daß da jemand zum Baden geht!"

„... während Sie fleißig Ihre vielen grauen Zellen trainieren!" Stackhurst amüsierte sich köstlich.

„Ja, es stimmt. Ich weiß zwar nicht, wie Sie das mal wieder rausgekriegt haben, aber das nachvollziehen zu wollen habe ich längst aufgegeben. Irgendwo da drunten werde ich wohl McPherson treffen. Der ist schon seit einer Stunde unterwegs!"

Holmes kannte den jungen Mann, von dem da die Rede war, recht gut, denn gemeinsam waren sie des öfteren zum Schwimmen gegangen. Fitzroy McPherson war naturwissenschaftlicher Lehrer in *The Gables* und bei seinen Schülern ebenso beliebt wie bei Stackhurst und Holmes. Seinen sportlichen Ambitionen stand allerdings die Tatsache zum Teil entgegen, daß er einen kleinen Herzfehler hatte. Als hätte er auf die Nennung seines Namens nur gewartet, erschien er unmittelbar darauf am Klippenrand. Zunächst war nur sein Kopf, dann seine ganze Gestalt sichtbar. Merkwürdig jedoch war die Art und Weise, wie er sich bewegte. Er torkelte, taumelte und schwankte wie ein hochgradig Betrunkener! Mit einem Schrei, die Hände leicht erhoben, stürzte er schließlich zu Boden.

Holmes und Stackhurst stürzten zu ihm. Was sie sahen, nachdem sie ihn umgedreht hatten, ließ ihnen fast das Blut in den Adern gefrieren: Der junge Mann lag im Sterben. Nur noch unregelmäßig und immer schwächer werdend, stieß er seinen Atem aus. Kalter Schweiß stand auf seinem Gesicht, das kaum noch Lebenszeichen bot! Mit letzter Kraft bäumte er sich noch einmal auf und keuchte einige Wortfetzen, die wie eine Warnung klangen, wörtlich aber nicht zu verstehen waren. Aus seinen letzten Silben – ausgestoßen, als wollte er in seinem Delirium noch einen Mörder an den Strick liefern – meinte Holmes, das Wort „Löwenmähne" herausgehört zu haben. Ein Arm zuckte noch einmal nach oben, Kopf und Oberkörper kippten nach rechts – dann hatte McPherson sein Leben ausgehaucht. „Löwenmähne". Es ergab einfach keinen Sinn, zumal in England! Hatte Holmes sich verhört?

Natürlich waren das nicht die Gedanken, die die beiden Männer in diesem Augenblick bewegten. Fassungslos, mit Tränen in den Augen und an ihrem eigenen Verstand zweifelnd, standen sie neben dem verzerrt am Boden liegenden Körper, der nun nur noch eine leblose Hülle war. McPherson, der nie auch nur einer Fliege etwas zuleide getan hatte, war in den besten Jahren seines Lebens dahingerafft worden. Wie ungerecht, ja unfaßbar war das alles. Bedingt durch die letzten heftigen Bewegungen, war sein Hemd bis zum Hals hochgerutscht und hatte den Oberkörper fast völlig freigegeben. Das Entsetzen, das die beiden Männer längst gepackt hatte, steigerte sich beim Anblick seines Rückens zum Grauen!

Dunkelrote, fast ins Bläuliche gehende Striemen bedeckten

den gesamten Rücken – von der Schulter bis zur Hose. Sprachlos knieten Holmes und sein neuer Freund noch neben dem Toten, als sie durch Schritte aufgeschreckt wurden. Levin Murdoch, der Mathematiklehrer, hatte sich zunächst unbemerkt genähert und stand nun mit düsterer Miene vor ihnen. Hätte man McPherson und Murdoch einem direkten Vergleich ausgesetzt – kein größerer Kontrast wäre denkbar gewesen! Auf der einen Seite der lebensbejahende, offene und allseits beliebte Natur-Pädagoge, auf der anderen Seite der verschlossene Murdoch, der zwar wegen seines hervorragenden Unterrichts von den Schülern und Kollegen geschätzt wurde, mit dem aber keiner richtig warm wurde. Alle hatten irgendwie das Gefühl, als stünde zwischen Murdoch und ihnen immer eine gläserne Mauer. Das lag weniger daran, daß der Mathematiklehrer kein reinrassiger Engländer war. Ein Teil seines Blutes war, was man ihm deutlich ansah, südländischen Ursprungs. Nein, an dieser Schule wurden Toleranz und Liberalität nicht nur gepredigt, sondern auch praktiziert. Murdoch aber war zu unbeherrschten Ausbrüchen durchaus in der Lage: McPhersons Dackel hatte ihn mit seinem hektischen Gekläffe einmal so gereizt, daß Murdoch ihn durchs geschlossene Fenster geworfen hatte! Wie man sich denken kann, hatte dieser Vorfall einiges Aufsehen erregt und war im übrigen der Kollegialität zwischen den beiden Lehrern nicht allzu dienlich.

Nichts mehr aber erinnerte nun an eine belastete Beziehung zwischen beiden. Mit sichtbarer Betroffenheit und belegter Zunge sagte Murdoch: „Mein Gott, um Himmels willen – der arme Kerl! Kann ich irgend etwas tun? Kann ich Ihnen behilflich sein?“

„Ja!“ Holmes’ Stimme hatte einen düsteren Klang.

„Vielleicht können Sie uns über Ihre Rolle in dieser Angelegenheit aufklären ..."

„Sie meinen...? Ist das Ihr Ernst?! Wie sollte ich? Vor kurzem erst bin ich aufgestanden. Am Strand war ich noch gar nicht. Kann ich mich nicht in anderer Weise nützlich machen?"

„Na gut, laufen Sie nach Fulworth und melden Sie den Todesfall. Das ist ein Fall für die Polizei!!"

Nur ein kurzes Nicken bestätigte den beiden, daß Murdoch, der sich sofort auf den Weg machte, den Auftrag akzeptiert hatte. Auch Holmes verließ die Leiche, allerdings in anderer Richtung. Stackhurst, noch völlig gebrochen, blieb bei dem Toten.

Es lag nahe, daß Holmes als erstes nach einem möglichen Täter Ausschau hielt. Möglich war es ja auch, daß Zeugen den Vorfall beobachtet hatten. Vom Rand der Klippen aus nahm er mit Adleraugen den sich endlos hinstreckenden Strand ins Visier. Aber der war leer, menschenleer! Nur ganz in der Ferne, in der Nähe von Fulworth, bemerkte er einige Punkte – Kurgäste wohl beim Morgenspaziergang. Als Verdächtige kamen sie nicht in Frage, dazu war die Entfernung zu groß. Auch die Möglichkeit, daß sich jemand irgendwo bei den Felsen versteckte, in einer Höhle etwa, konnte er nach kurzer Überprüfung ausschließen. Da, wo jemand vom Strand aus an die Felsen herankam, waren keine Ausbuchtungen, und die wenigen weiter oben konnte im günstigsten Fall nur ein Extrembergsteiger erreichen.

Langsam, den Blick meistens am Boden, marschierte er daraufhin den Serpentinenweg hinunter. Da der Untergrund wegen der vorangegangenen Regenschauer noch weich war, hatte er eine Präsentation von Fußspuren wie aus einem kriminalistischen Lehrbuch vor sich: Es waren ausnahmslos – in beiden Richtungen – die Spuren eines Mannes, nämlich die von McPherson. Das war absolut eindeutig. Kein anderer hatte seinen Weg gekreuzt oder war ihm gefolgt. An einer Stelle hatten sich seine Finger in den Boden gekrallt. Mehrfach sichtete Holmes auch runde Dellen im Boden. Kein Zweifel, daß das Opfer hier in die Knie gegangen war!

Am Strand angekommen, nahm Holmes das Ufer der sanften Lagune unter die Lupe. Auf einem Felsen fand er ein zusammengelegtes, trockenes Handtuch. War McPherson etwa gar nicht im Wasser gewesen? Viel Zeit dafür hätte er ohnehin nicht gehabt, denn Stackhurst war nur eine Viertelstunde später von *The Gables* aus aufgebrochen.

Immerhin hatte er sich offensichtlich aufs Baden vorbereitet, denn an mehreren Stellen ortete Holmes Barfußspuren. Aber wie das trockene Handtuch bewies, hatte er seine Absicht wohl nicht mehr realisiert.

Möglich war natürlich auch, daß er zwar gebadet, sich aber nicht abgetrocknet hatte! Doch warum?

Immerhin, eins schien sicher: McPherson hatte sich aufs Baden vorbereitet, diese Absicht aber kurzfristig geändert und sich – wenn auch notdürftig – wieder angezogen. Der einzige Grund dafür konnte nur sein, daß er überfallen und mißhandelt worden war! Wer bloß war einer solchen Wahnsinnstat fähig? Welche Motive hatten zu dieser Tat geführt? Vor allem aber: Wer und wo war der Täter?

Es waren wohl solche Fragen, die Holmes in diesen Minuten beschäftigten. Was er dabei fühlte, kann ich mir lebhaft ausmalen! Denn weder war irgendwo ein Täter zu sehen, noch gab es die geringsten Anhaltspunkte über dessen Verbleib – keine Spuren, nichts! Vielleicht hatten die Besatzungen der beiden Fischerboote, die in nicht allzu großer Entfernung auf See dümpelten, etwas gesehen, was ihn weiterbringen würde? Realistischerweise aber war deren Befragung erst am Abend möglich, und so verwarf Holmes diesen Gedanken sogleich wieder!

Mit Gefühlen, die so ganz untypisch für ihn waren, kehrte er zum Toten zurück. Bei seiner Totenwache hatte Stackhurst mittlerweile Gesellschaft bekommen, neugierige Gaffer aus Fulworth, wie es schien. Praktisch im gleichen Augenblick traf auch Murdoch in Begleitung des Dorfpolizisten, Anderson war sein Name, an jenem traurigen Ort ein. Nachdem Anderson zunächst die Aussagen von Stackhurst und Holmes protokolliert hatte, bat er letzteren um ein kurzes Gespräch unter vier Augen:

„Einen solchen Fall haben wir hier noch nie gehabt, Mr. Holmes! Entsprechend geringe Erfahrungen habe ich damit. Ganz im Gegensatz zu Ihnen. Insofern wäre ich Ihnen für jeden Tip, der mir eine Blamage erspart, äußerst dankbar!"

Holmes, angenehm angetan von der ebenso schlichten wie ehrlichen Art dieses Mannes, sparte daraufhin nicht mit Ratschlägen: Unabdingbar sei zunächst, daß der Amtsarzt den Toten untersuche; auch sei es sinnvoll, den unmittelbaren Vorgesetzten hinzuzuziehen; aus ermittlungstechnischen Gründen müsse schließlich dafür gesorgt werden, daß am Toten und um ihn herum nichts verändert werde; gleiches gelte auch – wegen möglicher Spuren – rund um die Lagune. Und schaden würde es letztlich auch nicht, den Bereich entlang der Klippen mit äußerster Sorgfalt zu durchsuchen!

Überschwenglich bedankte sich der Konstabler für die wertvolle kriminalistische Unterstützung.

In den Taschen der Leiche fand Holmes nur ein kleines Allzweckmesser sowie eine Brieftasche. Bevor er sie dem Polizisten reichte, zog er daraus noch einen Zettel hervor, auf dem nur ein Satz stand: *Freue mich schon auf dich! Maud.* Anderson, schon längst über das Alter hinaus, in dem Paare liebevolle Kurzbotschaften austauschen, angelte sich den Zettel kommentarlos, steckte ihn wieder in die Brieftasche, und diese wiederum dahin, wo Holmes sie herausgezogen hatte. Mein Freund, der ohnehin das Gefühl hatte, momentan nichts weiter ermitteln zu können, begab sich dann in unser Landhaus, wo Frühstück und Morgenzeitungen schon lange auf ihn warteten.

Eine Stunde später bekam er Besuch von Stackhurst, der ihn über den aktuellen Ermittlungsstand informieren wollte. Neue Spuren hatte man nicht gefunden. Die Leichenschau fände in *The Gables* statt, wohin man den Toten inzwischen gebracht habe. Außerdem habe man seinen Schreibtisch untersucht und einen umfangreichen Schriftwechsel mit Miß Maud Bellamy, Fulworth, entdeckt, der Verfasserin der Notiz in der Brieftasche.

„Mir widerstrebt es, daß die junge Dame in diese Angelegenheit hineingezogen wird“, fuhr der Schulleiter fort. „Aber die Polizei, die die Briefe mitgenommen hat, wird sich davon wohl nicht abhalten lassen. Scheint wohl eine ernsthafte Angelegenheit zwischen den beiden gewesen zu sein! Sicher, es war ein Rendezvous vereinbart... Der Gedanke hingegen erscheint mir einfach zu verrückt, daß sie da als Köder gedient haben könnte!“

„... und noch verrückter, wenn man Zeit und Ort mit in die Überlegung einbezieht! Außerdem mußte er ja damit rechnen, daß auch Schüler und Kollegen da baden würden.“

„Was heute morgen freilich nicht der Fall war. Zufall!“

„Zufall?“

„Nein, nicht ganz! Murdoch trifft die Schuld, der ihm vor dem Frühstück noch etwas Frühsport verordnet hatte. Er ist mit den Nerven übrigens ziemlich am Boden!“

„Obwohl die beiden ja wohl nicht gerade Freunde waren? Einen Dackel aus dem Fenster zu werfen, nimmt der Besitzer zweifellos übel!“

„Nein, nein, Holmes, das mit dem Hund ist ausgeräumt! Man kann sogar sagen, daß zwischen den beiden im letzten Jahr eine echte Freundschaft aufgekeimt ist! Murdoch zeigt es halt aufgrund seiner Veranlagung nur nicht so deutlich!“

„Okay! Wenden wir uns dem Mädchen zu. Gibt es da irgendwelche Anhaltspunkte?“

„Das kann man wohl sagen! Maudie ist ein bildhübsches Kind und der Traum aller Männer in diesem Teil von Sussex! Falls die Beziehung weiträumig bekannt war, ist es übrigens vorstellbar, daß ihm das einige Konkurrenten übelnahmen. Maudie übrigens, das sei noch angemerkt, ist nicht nur eine hübsche, sondern auch eine interessante Mitgiftpartie. Ihr Vater hat sich aus ärmlichen Verhältnissen hochgearbeitet und ist heute einer der reichsten Männer in Fulworth, Besitzer aller Badehütten und Boote dort!“

„In seiner Eigenschaft als Vater hätte ich gern ein Gespräch mit ihm. Um den Mörder von McPherson zu finden, müssen wir nach jedem Strohhalm greifen. Denn es ist mir klar, daß McPherson kein Selbstmörder war!“

Da Stackhurst sich gerne bereit erklärte, Holmes zu begleiten, machten sich beide alsbald auf den Weg. Gut zwei Stunden dauerte der Spaziergang durch die Landschaft, der beide allerdings an diesem Tag nur wenig abgewinnen konnten – dann hatten sie Fulworth erreicht. In der Nähe eines villenähnlichen, modernen Baus am Hang machte Stackhurst endlich halt!

„Da drüben ist unser Ziel, verehrter Freund! Der Besitzer hat das Haus sinnigerweise Hafen genannt. Eine hübsche, wenn auch schlichte Metapher, die... Moment einmal! Das darf doch nicht wahr sein!“

Anlaß für den etwas wirren Themenwechsel war die Tatsache, daß sich in diesem Augenblick die Gartentür geöffnet hatte und ein Mann herausgetreten war, den wir nur zu gut kannten – Murdoch! In Gedanken versunken, kam er den beiden entgegen und wäre glatt an ihnen vorbeigegangen, hätte ihn Stackhurst nicht in heftiger Manier angesprochen: „Murdoch! Können Sie uns verraten, was Sie hier treiben?!“

Als hätte ihn der Schlag getroffen, fuhr der Angesprochene aus seinen Gedanken hoch: „Ja, das kann ich, Sir!“ erwiderte er auffallend aggressiv. „Wenn Sie mir zuvor erklären, warum und in welcher Weise ich Ihnen über meine Freizeitaktivitäten Rechenschaft schulde!“

„Wie reden Sie eigentlich mit einem Vorgesetzten?!“ bellte der Vorgesetzte daraufhin.

„So, wie Sie es vormachen und verdienen!“ kam die kaltschnäuzige Antwort.

„Entlassen! Sie sind entlassen!“ brüllte Stackhurst nun, dem endgültig der Gaul durchgegangen war.

„Danke! Das erspart mir die Kündigung! Seit heute hat mein Leben in *The Gables* ohnehin keinen Sinn mehr!“ Damit endete der hitzige Disput, dem Holmes mit einer gewissen Fassungslosigkeit gefolgt war.

Murdoch war längst außer Rufweite und konnte die wüsten Beschimpfungen nicht mehr hören, die ihm Stackhurst nachschleuderte, als die beiden Männer den Hafen erreichten.

Ein Ärger kommt selten allein! An dieses abgewandelte Sprichwort mußte Holmes denken, nachdem sie Mr. Bellamy über ihr Anliegen aufgeklärt hatten.

Der Hausherr des Hafens, vom Benehmen her noch ganz der ehemalige Hafenarbeiter, reagierte nämlich ausgesprochen ungehalten:

„Mr. McPherson? Über Tote soll man nichts Schlechtes sagen, aber wenn er noch lebte, würde ich ihm jeden Kontakt mit meiner Tochter untersagen! Hinter meinem Rücken und in unverfrorenster Weise hat er ihr den Hof gemacht! Und ganz gleich, ob er nun hinter der Mitgift her war oder nur sein Vergnügen haben wollte – ich dulde einen solchen, auch unserer gesellschaftlichen Stellung widersprechenden Umgang meiner Tochter nicht! Mauds Mutter, würde sie noch leben, wäre der gleichen Ansicht!"

In diesem Augenblick geschah etwas, was Holmes' festgefügte Vererbungs-Theorien gründlich erschüttern mußte: Die junge Dame war ins Zimmer getreten. Selbst mein Freund, dem auch sein ärgster Feind nie eine Schwäche fürs andere Geschlecht unterstellen würde, konnte sich dem Zauber, der von dem Mädchen ausging, nicht völlig entziehen. Dabei wäre es schwierig zu unterscheiden gewesen, was mehr den Ausschlag gab: Ihre makellose Schönheit oder ihre Sanftmut, die aus ihren Augen, ihren Bewegungen und ihren Worten sprach:

„Seien Sie unbesorgt, meine Herren! Ich weiß es bereits! Fitzroy ist tot. Das ist unendlich schmerzhaft für mich, aber eine Tatsache. Details seines Todes können mich daher nicht mehr schrecken. Aber vielleicht kann ich einen kleinen Beitrag dazu leisten, daß dieser Mord aufgeklärt wird!"

Dem nachfolgenden Bericht meines Freundes zum neuesten

Stand der Untersuchungen lauschte die junge Dame mit äußerster Konzentration. Daß sie auch über ein hohes Maß an Selbstbeherrschung verfügte, bemerkten Holmes und Stackhurst spätestens zu diesem Zeitpunkt.

Nur als die Erzählung sich mit den letzten Sekunden ihres Freundes befaßte, wischte sie sich unauffällig einige Tränen aus den Augenwinkeln.

„Einen konkreten Hinweis auf die Täter, Mr. Holmes, kann ich Ihnen leider nicht liefern. Ich sage ausdrücklich die Täter, denn mit einem Gegner wäre Fitzroy, stark wie er war, leicht fertig geworden! Bringen Sie diese Ungeheuer zur Strekke, vor Gericht! Mit allem, was in meinen Kräften steht, werde ich Ihnen dabei helfen!"

„Danke, Miß Bellamy. Ich werde drauf zurückkommen. Da ist aber nun noch ein delikates Thema, das auch bei den polizeilichen Ermittlungen eine Rolle spielen und wohl auch öffentlich diskutiert werden wird: Eine kleine Notiz an Mr. McPherson..."

„Ach, die! Da können wir offen drüber reden. Ich habe wirklich nichts zu verbergen! Fitzroy und ich waren verlobt. Außer uns beiden und einem Freund hat davon keiner gewußt! Fitzroy mußte befürchten, enterbt zu werden – und wie mein Vater darüber denkt, hat er gerade deutlich gemacht! Bei geeigneter Gelegenheit hätten wir alles offenbart. Wenn man aber bedenkt, daß wir verlobt waren, so haben wir uns eigentlich viel zu selten gesehen! Was nun die Notiz anbelangt, auf die Sie anspielen, so ist seine Antwort darauf in meiner Handtasche. Einen Moment, bitte!"

Sie kramte in ihrer Handtasche, zog einen Zettel heraus und reichte ihn uns:

Hallo Schatz,

wir treffen uns am Dienstag bei Sonnenuntergang am Strand. Du weißt schon, wo. Einen anderen Zeitpunkt läßt der Dienstplan nicht zu. Leider!!!

F. M.

„Gehe ich recht in der Annahme, daß die Nachricht nicht per Post kam?“ fragte Holmes, nachdem er sie gelesen hatte.

„Ganz richtig“, kam die Antwort, „sonst hätte ja mein Vater... Von wem ich die Botschaft bekam, trägt aber nichts zur Aufklärung des Verbrechens bei!“

„Ist Ihnen bekannt, ob Ihr Verlobter Feinde hatte?“

„Fitzroy? Völlig unmöglich! Dazu war er nicht der Typ! Neider vielleicht? Das wäre möglich.“

„Zählt dazu vielleicht auch Mr. Murdoch?“

„Sie meinen Levin? Nein! Nie! Ich glaube, er hat mich ziemlich gern. Mehr ist es nicht! Außerdem gehören dazu immer zwei!“

Immer wieder Murdoch. Welchen Faden dieses Falles Holmes auch aufnahm: Immer hing dieser undurchsichtige Mathematiker dran. Kein anderer hatte sich bisher in diesem Umfang verdächtig gemacht.

Nach der Rückkehr mit Stackhurst veranlaßte Holmes eine Untersuchung, die sowohl das Zimmer des Lehrers wie auch seine Vergangenheit einschloß. Verwertbare Erkenntnisse kamen dabei jedoch nicht ans Tageslicht. Auch die sonstigen Ermittlungen, die Leichenschau eingeschlossen, brachten nichts ein. Und für Holmes, an schnelle Ergebnisse und Erfolge gewöhnt, entwickelte sich der Todesfall immer mehr zu einer persönlichen Niederlage. Nichts ging mehr voran!

Nach einer Woche war er völlig verunsichert und zum ersten Mal im Leben nahe dran, einen Fall abzugeben, als die Sache mit dem Dackel McPhersons passierte: Auch der Hund war tot! Zwar hatte er tagelang nichts gefressen, hatte manchmal herzzerreißend gejault und die Gegenwart von Zweibeinern gemieden – aber tot?

Von zwei Schülern war er am Strand gefunden worden, an derselben Stelle, die auch seinem Herrn zum Verhängnis geworden war. Dieser traurige Vorfall trug allerdings dazu bei, das Interesse meines Freundes neu zu beleben. Wieder ganz der alte, kühn-spekulierende und stets neugierige Detektiv war er, als er in *The Gables* den Hund betrachtete. Seltsam verrenkt und mit verdrehten Augen lag das Tier da. Der Todeskampf mußte äußerst dramatisch gewesen sein! Nach einem kummerbedingten Tod aus Erschöpfung sah das keineswegs aus. Zweifellos hatte der Hund starke Schmerzen gehabt – umgebracht vielleicht durch Gift? Sicher war es lohnend, sich eingehender mit dem Tod des Tieres zu befassen. Ohnehin war es die einzige Fährte, die neue Erkenntnisse versprach.

Warum nur war das treue Tier an der Lagune gestorben, am gleichen Ort, wie McPherson...? Wenn andererseits McPherson das Opfer irgendeiner Rache war – warum brachte man erst danach den Hund um? In der kranken Logik eines Rachsüchtigen mußte die umgekehrte Reihenfolge ja viel naheliegender sein, weil der Hundebesitzer so zweimal getroffen würde! Und immer wieder die Lagune – ein für Mord- oder sonstige Racheakte denkbar ungeeigneter Ort! Denn viel zu leicht und auf weite Entfernung konnte ein Verbrechen dort beobachtet werden!

Mit diesen sich zum Teil widersprechenden Gedanken, Überlegungen und Spekulationen war Holmes beschäftigt, als er zur Lagune hinabstieg. Im Westen war die Sonne bereits ins Meer getaucht, und das Abendrot ließ sowohl Meer wie Lagune in feurigen Farben glühen. Rund um den kleinen Felsen, auf den McPherson sein Handtuch gelegt hatte, fand er Spuren des Hundes – sonst nichts, so intensiv er auch nach weiteren Anhaltspunkten suchte.

Und doch fühlte er, ohne es sich erklären zu können, daß hier und nur hier des Rätsels Lösung liegen konnte! Was bloß war es, das ihm da nur nebulöse Ahnungen bescherte und sich ihm sogleich wieder entzog? War es wirklich so, wie ein Dichter einmal gesagt hatte, daß es zwischen Himmel und Erde Dinge gibt, die dem denkenden Verstand nicht zugänglich sind? Und wer schließlich hätte ihm die Antwort darauf geben können?

Mit müden Schritten – Ausdruck seiner seelischen Verfassung – machte sich Holmes auf den Heimweg. Als er aber den höchsten Punkt des Klippenpfades erreicht hatte, straffte sich plötzlich seine Gestalt, und eilig marschierte er dem Landhaus entgegen. Ihm war plötzlich so etwas wie ein Licht aufgegangen! Einem Begleiter gegenüber hätte er wahrscheinlich im altgriechischen Stil *‚heureka! Ich hab's!'* ausgerufen. In einem der Bücher, die er in den Urlaub mitgenommen hatte, das wußte er nun, würde sich ihm die Lösung dieses Falles offenbaren!

Im Landhaus angekommen, stürzte er sich voll brennender Neugierde auf seine Bücherkiste, aus der er bald darauf ein dickbändiges Speziallexikon herauszog. Und dann verbrachte er den ganzen Abend mit der Lektüre dieses Buches.

Am nächsten Morgen hatte er sich bereits angezogen, um erneut zur Lagune zu gehen, als Inspektor Bardle von der Polizeistation Sussex hereinplatzte.

„Hochverehrter Holmes, wir treten auf der Stelle und benötigen Ihren Rat. Etwas muß geschehen! Sollen wir ihn verhaften oder damit noch etwas warten."

„Murdoch?"

„Wen sonst?"

„Was haben Sie denn gegen ihn in der Hand?"

Wie sich bald zeigte, hatte Bardle nichts in der Hand – außer einem wüsten Sammelsurium, bestehend aus mageren Verdachtsmomenten und nebulösen Nebensächlichkeiten. Es sei ja sehr naheliegend, daß Murdoch – wegen Maud Bellamy – eifersüchtig auf seinen Rivalen gewesen sei, auch sei seine Unbeherrschtheit allseits bekannt, und überhaupt handele es sich um einen ebenso gefährlichen wie undurchsichtigen Typen.

„Wenn Sie sich unbedingt blamieren wollen, Bardle, dann nehmen Sie ihn fest – nur zu. Wenn nicht, rate ich Ihnen, sich vorher ein paar Fragen zu beantworten. Hat er ein Alibi? – Ja! Nachweislich war er an diesem Morgen in der Schule. Erst kurz nachdem McPherson gestorben war, kam Murdoch von *The Gables* herüber. Wann und wie hätte er dann in der Zwischenzeit seinen Kollegen umbringen können, ganz abgesehen davon, daß McPherson ihm körperlich überlegen war? Und mit welcher Waffe hätte er das tun sollen? – Nein, Bardle, Sie sind auf dem Holzweg."

„Woher, Holmes, sollen denn die tödlichen Striemen sonst stammen?"

„Das kann und will ich im Augenblick noch nicht sagen, solange sich meine Vermutung nicht zur hundertprozentigen Gewißheit verdichtet hat!" antwortete Holmes, der bei diesen Worten zum Schreibtisch gegangen war und ein Foto aus einer Schublade geholt hatte. „Eine vergrößerte Aufnahme, die ich vom Rücken gemacht habe! Schauen Sie sich das Foto nur gut an, vor allem die Blutflecken, die man da – jeweils wie an einer Perlenschnur aufgereiht – überall sieht. Fazit: Das mit der Peitsche können Sie vergessen, denn sie hätte andere Spuren hinterlassen! Dann sein letztes Wort, bevor er starb: ‚Löwenmähne'! Ein Hinweis auf Levin Murdoch? Nun, es klingt zwar ähnlich, aber eben nur ähnlich!"

„Gut, Mr. Holmes! Dann setze ich die Verhaftung erst noch einmal aus. Wann aber kann ich denn damit rechnen, den geliefert zu bekommen, der es nach Ihrer Meinung war?"

„Wahrscheinlich schon in einer Stunde. Aber nur, wenn ich vorher völlig allein gelassen werde!"

Der von Holmes kaum bemäntelte Rausschmiß erübrigte sich allerdings, weil in diesem Augenblick die Tür aufgerissen wurde und Murdoch hereinstürzte.

„Cognac! Oder irgendwas!" brüllte er, wankte und fiel wie ein Stein auf Sofa.

„Schnell! Whisky – oder was Sie haben!" keuchte auch Stackhurst, der ihm gefolgt war und sich nun schwitzend und ganz grau im Gesicht am Türrahmen festhielt. „Ich habe ihn hergeschleppt, zweimal ist er schon umgekippt!"

Das volle Glas Cognac, das Holmes dem nun Ohnmächtigen einflößte, wirkte sofort. Murdoch schlug die Augen auf, beugte sich stöhnend nach vorn und riß sich gleichzeitig mit letzter Kraft das Hemd vom Körper.

„So helft mir doch! Die Schmerzen machen mich wahnsinnig!"

Was die Schmerzen verursachte, konnten Holmes und der Inspektor in diesem Augenblick aus nächster Nähe betrachten: Über die Schulter Murdochs zogen sich die gleichen blutroten Streifen, an denen McPherson gestorben war! Da Morphium oder eine ähnliche schmerzlindernde Droge nicht verfügbar war, blieb nur der Cognac, den Holmes gleich glasweise in den mitleiderregenden Murdoch hineinkippte, was diesen immer wieder etwas aufmunterte. Es war ein Wettlauf mit der Zeit! Mehrfach mußte Holmes Angst haben, daß ihm sein Patient, der sich immer wieder ans Herz griff, unter den Händen wegsterben würde.

Nach einer kleinen Ewigkeit endlich – so schien es – war Murdoch über den Berg. Der Alkohol, der seine Lebensgeister zuvor geweckt hatte, sorgte nun dafür, daß er schlafen konnte. Auch hatte sich sein Kreislauf etwas stabilisiert.

Sichtlich erleichtert wandte sich Holmes an Stackhurst: „War's wieder bei der Lagune?"

„Ja, genau da! Überlebt hat er's nur, weil – im Gegensatz zu McPherson – sein Herz in Ordnung ist! War mir aber nicht sicher, ob ich ihn noch lebend zu Ihnen herbringe. Bis *The Gables* wären wir wahrscheinlich beide umgekippt!"

„Was ist denn passiert am Strand?"

„Weiß ich nicht. Auf den Klippen ging ich spazieren, als ich von unten ein entsetzliches Gebrüll hörte. Ich bin sofort hinuntergerannt, wo Murdoch bei der Lagune hin und her torkelte und vor Schmerz immer wieder laut aufschrie. Ich schleppte ihn dann den Weg bis hier herauf!"

„Wird Zeit, daß wir dem Mörder das Handwerk legen! Am besten kommen alle mit. Mrs. Hudson kann sich um Murdoch kümmern!"

Im Eilschritt begab sich das Trio zur Lagune, wo man zunächst die restlichen Kleidungsstücke Murdochs fand.

Mit lauerndem Blick ins Wasser schritt Holmes, Stackhurst und Bardle im Gefolge, langsam am Rand des zumeist seichten Tümpels entlang. Unter der Klippe schien er endlich die

Stelle gefunden zu haben, nach der er suchte. Dort hatte die Lagune ihre tiefste Stelle, und doch war das Wasser so klar, daß man bis zum Grund schauen konnte. Ganz sicher war dies der Lieblingsplatz all derer, die die Lagune als Swimmingpool benutzten. Plötzlich leuchteten die Augen meines Freundes auf:

„Cyanea! Da ist das Biest! Meine Herren, darf ich vorstellen: Der Mörder, auch ‚Löwenmähne' genannt!"

Dabei deutete er auf ein seltsames Gebilde, das sich etwa ein Meter unter dem Wasserspiegel auf einer Felsplatte befand. In der Tat hatte es mit einer Löwenmähne zumindest entfernte Ähnlichkeit. Vom rundlichen Zentrum aus bewegten sich wohl Hunderte von haarähnlichen gelben Fäden wellenartig im Wasser, dazwischen einige, die mehr an Lamettafäden erinnerten. Wenn man genauer hinsah, konnte man auch erkennen, daß sich der Körper des Tieres regelmäßig aufblähte und dann wieder zusammenzog.

„Packen Sie mit an, Stackhurst?"

Gemeinsam schoben beide einen Felsbrocken, der in Reichweite lag, an die Wasserkante und ließen ihn hineinfallen – direkt auf die darunter liegende Felsplatte. Daran, daß die Cyanea voll getroffen war, konnte kein Zweifel bestehen. Die Bestie war regelrecht zerquetscht worden! Dicker, öliger Schleim trieb kurz darauf an die Oberfläche!

„Mit Cognac kann ich heute nicht mehr dienen", wandte sich Holmes verschmitzt an seine beiden Begleiter, „aber ein guter alter Scotch tut's wohl auch! Erstens müssen wir auf unser Jagdglück anstoßen, und zweitens kann ich im Landhaus noch einiges zum Thema beitragen!"

Holmes' Einladung wurde freudig begrüßt, und zehn Minuten später ließen sich die drei wieder im Wohnzimmer nieder. Murdoch war schon fast wieder auf den Beinen. Nur gelegentlich wurde er noch von Krämpfen geplagt. Befragt, was denn vorgefallen sei, mußte er passen. Er wußte es nicht! Beim Schwimmen hatte ihn urplötzlich ein furchtbarer Schmerz durchzuckt; daß er – schon halb ohnmächtig – das Ufer erreicht hatte, grenzte an ein Wunder.

Nachdem Holmes die Gläser gefüllt hatte, griff er nach einem dicken Lexikon, das auf dem Schreibtisch lag. „So, meine Herren, und nun erneut und letztmalig zur ‚Cyanea Capillata‘, wie der vollständige Name lautet. Dabei handelt es sich, wie Sie wissen, um ein Meerestier, aber keinen Fisch! Es gehört zu den sogenannten Medusen – der Name sagt eigentlich schon alles: Medusa war in der griechischen Mythologie ein grauenerregendes Wesen mit Schlangenhaar! Verwandt ist das quallenartige Ungeheuer entfernt mit jenen hübschen Tierchen, die vor allem die Korallenriffe bevölkern, so blumige Namen wie Seeanemone haben und mit den giftigen Nesselzellen an den Fangarmen ihre Beutetiere betäuben und töten. Einem Menschen könnten die aber nie gefährlich werden – im Gegensatz zur Cyanea, die ebenso giftig ist wie eine Kobra, aber entschieden größere Qualen auslöst. Nicht verwechseln sollte man die Cyanea übrigens mit Cyanid, einer der schlimmsten Substanzen aus der Giftküche der Chemie. Es würde hier zu weit führen, die Wirkung des Cyanea-Giftes auf den Kreislauf, das heißt medizinisch zu erläutern, daher lasse ich es lieber. Wer mag, kann seine Kenntnisse anhand dieses Buches noch vertiefen. Klar ist im übrigen, daß wir die Cyanea in der Lagune dem Orkan der letzten Woche verdanken. Sie wurde angeschwemmt, und in dem warmen Wasser hat sie sich offensichtlich recht wohl gefühlt, was man von ihren Opfern nicht behaupten kann!“

„Wenn ich nicht ihr Opfer geworden wäre“, mischte sich nun Murdoch ein, „wäre ich wohl ein Justizopfer geworden?“

„Nein, mein Lieber!“ protestierte Holmes. „Das hätte ich schon zu verhindern gewußt! Und ohne den Besuch des Inspektors wäre ich heute morgen auch rechtzeitig zur Lagune gekommen und hätte das jüngste Medusenopfer verhindern können!“

So endete diese Geschichte, die Holmes ohne biologische Kenntnisse – last not least – längst nicht so bravourös hätte lösen können. Wieder einmal hatte sich seine Vielseitigkeit ausgezahlt! Und auch ein kleines Happy-End sei noch erwähnt: Murdoch, der seinen einzigen Freund verloren hatte, gewann einen neuen – den Schulleiter!

Der Farbenhändler im Ruhestand

Nebelschwaden, Nieselregen, Scheiben, die im Sturmwind klirren, kurz gesagt, es war ein Wetter, wie es zum Schachspiel einlädt.

Allerdings hatte ich ausgerechnet bei Holmes keine Unterstützung für mein Hobby.

Es ist mir manchmal nicht vorstellbar, daß er, der ungekrönte König der Detektive, dem „Spiel der Könige" nichts abgewinnen konnte. Aber, so war es. Ihn langweilte es, demonstrativ immer nur hölzerne Figuren hin und her zu schieben und dabei jeweils immer nur einen Gegner geistig in die Enge zu treiben.

Immerhin hatte er es in Realität, ja selbst im einfachsten Fall, ständig mit mindestens zwei Konkurrenten zu tun: Einmal war da der Verbrecher, dessen Tricks und Taten zu entlarven waren, und dann gab es stets noch den jeweils beauftragten Inspektor von Scotland Yard oder einem örtlichen Revier.

Aber selbst wenn er keinen Gefallen am Schach fand, er konnte dennoch stundenlang und in faszinierenden Varianten über das königliche Spiel philosophieren! Besonders, wenn von draußen der Regen gegen die Scheiben prasselte.

„Schach ist, Watson“, begann er an diesem Morgen die Diskussion, „eigentlich eine Ahnung von Unendlichkeit. 8 x 8 – also die Multiplikation der vorhandenen Felder – ergibt, ganz klar, 64. Völlig harmlos erscheint das, und dennoch führt das bereits beim ersten Zug beider Partner zu einer Anzahl von nicht weniger als 400 mathematisch möglichen Stellungen: 16 Bauernzüge plus vier Springerziele auf jeder Seite! Ausgesiebt wird von den Spielern da freilich eher intuitiv! Selbst eine einfache Partie enthält die Möglichkeit von etwa 10 hoch 120 Varianten! Da, mein lieber Freund, versagt jede Vorstellungskraft! Nicht ganz so schlimm, aber doch ungefähr so, ergeht es mir bei manchen meiner Fälle, wenn ich mir die möglichen Verästelungen vorstelle oder alle kombinatorischen Möglichkeiten. Dann muß ich diese Fülle abbauen, Sackgassen vermeiden ... das ist immer wieder die Lösung. Aber, um ehrlich zu sein, so dahingesagt klingt das alles viel leichter, als es in der Wirklichkeit ist. Beim ‚Wegräumen‘ der unwichtigen Aspekte, beim Vermeiden falscher Schachzüge, beim Ausfiltern der Irrwege, die immer wieder nur in die besagten Sackgassen führen, muß man eisern konsequent bleiben, harte Maßstäbe anlegen und wie ein meisterhafter Schachspieler geistige Disziplin bewahren. Wenn man es so sieht, sind erfolgreiche Detektive Schachgroßmeister, deren Schachbrett das Leben und die verwinkelten Wege der Menschen sind.“

Ich war, auf nüchternen Magen, etwas erstaunt über die morgendlichen Ausführungen meines Freundes. Und ich sagte ihm das ganz offen. Ein Spiel auf seiner Geige wäre mir lieber gewesen.

„Verzeih, wenn ich dich da mit einigen Überlegungen überfalle, aber für die Schachthematik habe ich einen Grund. Ich hatte heute schon einen Gast, und der war ein Liebhaber dieses Spiels der Varianten. Gerade ist er gegangen!"

Es war nicht ungewöhnlich, daß mein Freund als überzeugter Frühaufsteher vor mir gefrühstückt hatte; ungewöhnlich aber war, daß er zu dieser Zeit schon mit Mandanten verhandelt hatte! Jetzt griff er zwischen die zur Seite geschobenen Teller und fingerte eine Visitenkarte hervor:

Josiah Amberley, Lewisham, las ich.

Der Rest war schnell erzählt. Holmes erklärte: „Er ist Mitinhaber der Farbenfabrik Amberley & Amor, der Name dürfte bekannt sein. Bis vor zwei Jahren war er dort auch als Geschäftsführer tätig. Nun lebt er von Zinsen und privatisiert. Sicher hat er vorher hart gearbeitet, und sicher war es auch höchste Zeit, dem Leben noch ein paar angenehme Jahre abzugewinnen.

Insofern scheint mit ihm alles in Ordnung zu sein. Auch seine Begeisterung fürs Schachspiel kann ich teilen – wenn auch nur in der Theorie, wie du weißt. Für was man ihn sonst zu halten hat, ist mir noch nicht klar! Auf jeden Fall ist er eine etwas mysteriöse Gestalt, um es einmal vorsichtig zu formulieren. Er trägt nämlich ein Gesicht zur Schau, als hätte er das Leid der Welt auf sich gesammelt. Sein Gesicht, seine Haltung und seine Kleidung finde ich... abstoßend. Dabei hat er eine dreißig Jahre jüngere und – wie er selbst sagt – recht attraktive Frau. Und da liegt auch die Schwierigkeit. Wenn Männer Probleme haben, steckt ja meistens eine Frau dahinter – so auch in diesem Fall!

Er hat sich wohl zu sehr mit dem Schachspiel beschäftigt, jedenfalls kam seine Frau auf andere Gedanken. Seit einiger Zeit hat sie nämlich ein Verhältnis mit einem jungen Arzt, einem Dr. Ray Ernest, und interessanterweise ist der wiederum der Schachpartner von Amberley. Dadurch haben sich die beiden auch kennengelernt. Woraus du ersehen magst, daß Schach auch weit übers Brett hinaus zu allerlei Verwicklungen und Komplikationen führen kann."

Nach diesem Seitenhieb fuhr Holmes fort: „Letzte Woche nun ist das verliebte Pärchen durchgebrannt. Ich nehme an, sie machen so eine Art Flitterwochen ohne Trauschein – nur wo, weiß ich noch nicht. Um dem Ganzen die Krone aufzusetzen, haben sie auch noch bei Mr. Amberley den halben Safeinhalt mitgenommen. Unsere Aufgabe ist also, die beiden ausfindig zu machen und das Geld wieder aufzutreiben."

„Schön und gut", warf ich ein, „aber wie?"

Holmes hatte natürlich schon einen Plan: „Ganz einfach. Du stattest unserem Mandanten in Lewisham erst einmal einen Besuch ab, inspizierst das Haus, unterhältst dich mit den Nachbarn und so weiter. Und zwar – tut mir leid – allein! Wie du weißt, bin ich im Moment mit Arbeit voll eingedeckt. Vorrang hat für mich die Aufdeckung der Brandstiftung in Schloß Balmoral und der Bestechungsskandal in Wimbledon. Wenn ich in beiden Fällen den Übeltätern erfolgreich auf die Spur komme, sind weitere, das heißt auch Anschlußaufträge des Königshauses in Sicht."

Mit nur matten Einwänden wehrte ich mich gegen meine Mission. Holmes hätte ich schon gerne dabeigehabt! Erstens stand seine Überlegenheit für mich außer Zweifel, und zweitens war es selten langweilig mit ihm. An der Lösung seiner Fälle teilzuhaben machte einfach Spaß, und ich war gerne sein

Chronist. Andererseits aber konnte ich meinen Auftrag auch als Kompliment auffassen – und so ließ ich mich eigentlich leicht überreden.

Erst gegen 22 Uhr traf ich wieder in der Baker Street ein. Mein Freund erwartete mich neugierig und kein bißchen müde.

„Spann mich nicht lange auf die Folter, lieber Watson! Also, wie war es in Lewisham?"

„Nun, am besten wird es wohl sein, wenn ich mit dem Haus beginne. Es ist ein auffallendes Haus mit einem großen Grundstück. Umgeben ist das Ganze von einer hohen Mauer. Ich hatte übrigens Mühe, das Haus zu finden, aber ein großgewachsener Mann mit breitem Schnauzer und dunklen Haaren half mir aus der Patsche. Seinem Blick zufolge hat ihn meine Frage nach der Einkehr ziemlich überrascht. Seltsam, wer das wohl war? Über die Auffahrt bin ich ins Grundstück hineinspaziert, wo mir der Hausherr, als hätte er mich erwartet, bereits entgegenkam. Deine Beschreibung von ihm ist ja fast noch zu freundlich geraten! Körperlich ist er wahrscheinlich einigermaßen gut beieinander, seelisch dagegen, da kenne ich mich nicht so gut aus, stimmt bei ihm wohl einiges nicht. Er ist ein ungepflegter, griesgrämiger und gebeugter alter Nörgler. Lief herum wie sein eigenes Gespenst oder dessen Stallbursche! Noch ungepflegter aber, obwohl das kaum mehr zu steigern ist, sein Garten. Ein Gärtner bräuchte ein halbes Jahr, um ihn nur einigermaßen wieder herzurichten. Du weißt, daß ich eine naturnahe Gartengestaltung oder auch den stillen Stil von Bauerngärten über alles liebe, aber das sind zwei verschiedene Stiefel! Selbst eine Blumenwiese muß man ja zweimal im Jahr mähen, damit sie nicht versteppt und langsam von Büschen überwuchert wird. Amberley aber hat das

mit Sicherheit nicht begriffen, wahrscheinlich interessiert es ihn gar nicht.

Es wird dich daher kaum überraschen, daß auch das Haus in einem reichlich heruntergekommenen Zustand ist. Daß es seine Frau da so lange ausgehalten hat, grenzt meiner Ansicht nach an ein Wunder.

Seltsam ist aber, daß ihm der Zustand seines Hauses langsam doch selbst auf die Nerven zu gehen scheint. Im Vorraum sah ich nämlich einen großen Eimer mit Farbe, und in der Luft lag der beißende, schier unerträgliche Geruch von Holzbeize, mit der er – wie ich sah – zum Teil schon die Balken behandelt hatte.

Beim anschließenden Gespräch bedauerte er deine Abwesenheit, hatte aber volles Verständnis dafür, daß du verhindert warst. Dann folgte ein langes Gejammer über die Ungerechtigkeit der Welt im allgemeinen und die Untreue seiner Frau im besonderen. Jeden Wunsch hat er ihr angeblich von den Augen abgelesen, sie verwöhnt und auf den Händen getragen. Ob er das alles selbst glaubt? Es klang jedenfalls fast so, als sei sie weggelaufen, weil er sie so verwöhnt hat. Völlig verrückt! Die ganze geballte Wut des gehörnten Ehegatten traf dann den Geliebten seiner Frau, den Schachpartner aus besseren Tagen! Die Ausdrücke, die er dem Arzt nachschleuderte...

Schließlich kam er zur Sache. Am besagten Abend habe er mit seiner Frau ins Theater gehen wollen. Zwei Karten fürs Haymarket-Theatre hatte er besorgt. Wegen Migräne – du weißt, die beliebteste Ausrede aller Frauen – hat sie sich kurz vor Beginn der Vorstellung auf ihr Zimmer zurückgezogen. Die unbenutzte Karte seiner Frau hat er übrigens aufgehoben, und ich habe sie gesehen! Rein zufällig habe ich die Platznummer im Kopf, weil es dieselbe ist, die damals mein Platz in der Schule hatte, einunddreißig!

Danach zeigte er mir noch seinen Safe, was übrigens eine verniedlichende Bezeichnung ist! Denn das ist ein kleiner Raum, wie man ihn in jeder Bank findet, wo die betuchteren Kunden aus Sicherheits- und Versicherungsgründen ihre Wertsachen und Wertpapiere hinterlegen! Hermetisch abgesichert ist dieser Super-Safe und absolut einbruchsicher, wie mir Amberley erklärte.

Seine Frau hatte entweder einen Zweitschlüssel oder sich ein Doppel gemacht. Jedenfalls beklagt Amberley den Verlust von rund 30000 Pfund, teils als Bargeld, teils in Wertpapieren! Von letzteren hat die Polizei eine Aufstellung, sagt er. Als er gegen Mitternacht heimkam, bemerkte er sogleich die Katastrophe. Die Safetür war offen, seine Frau samt Freund über alle Berge! Keine Notiz, kein Abschiedsbrief – nichts! Noch in der Nacht hat er die Polizei alarmiert!

„Ein entzückender Fall!" bemerkte Holmes nur kurz.

Aber ich kannte ihn zu gut, um nicht zu bemerken, daß ihn der Fall fürchterlich fesselte! Nichtssagende Allerweltskommentare konnten mich darüber nicht hinwegtäuschen. Wenn etwas typisch war für meinen Freund, den Meisterdetektiv, dann waren es diese Floskeln, die er – als Ablenkungsmanöver – vorzüglich einzusetzen wußte.

„So, so, er betätigt sich also als Maler!" fuhr Holmes fort. „Handwerk und auch Hobby mit farbenfrohem Hintergrund – eine seltsame Beschäftigung jedoch für jemanden, dem gerade die Frau davongelaufen ist!"

„Vielleicht kommt er gerade dadurch leichter über den Verlust hinweg", wandte ich ein. „Halt, da fällt mir noch etwas ein! Der Mann, den ich nach der Adresse gefragt hatte – bei der Abfahrt aus dem Bahnhof Blackheath sprang er in letzter Sekunde auf und verschwand im Nachbarabteil. Auch beim Aussteigen folgte er mir, allerdings habe ich ihn aus den Augen verloren."

„Und seine Augen waren hinter einer Sonnenbrille versteckt. Stimmt's?"

Es stimmte! Auf meine Rückfrage bekam ich jedoch nur eine ausweichende Antwort. Holmes zeigte sich freundlich, aber verschlossen, wie so oft. Es reizte ihn ja immer, mich seine Gedankengänge erst einmal erraten zu lassen, bevor er mich in seine Erkenntnisse einweihte. Erst nach einigen Minuten nahm er den Gesprächsfaden wieder auf:

„Gut, Watson! Es ist zwar nicht allzuviel, was du da herausbekommen hast, aber immerhin. An den interessantesten Indizien bist du leider blauäugig vorbeimarschiert. Die in der Regel immer neugierigen Nachbarn, die tratschenden Mädchen auf dem Markt, sie alle sind Quellen für die kriminalistische Rekonstruktion verzwickter Fälle, und alle warten meistens nur drauf, gefragt zu werden. Das genau hast du leider unterlassen. Aber du hattest natürlich im Haus genug zu tun. Und was nicht ist, kann ja noch werden. Wozu wäre außerdem inzwischen das Telefon erfunden worden, wenn man von ihm keinen Gebrauch machen würde? Telefoniert habe ich nämlich ziemlich lange und vieles erfahren, was ich noch wissen wollte! Lassen wir es für heute! Was hältst du mal zur Abwechslung von einer Partie Schach?"

Endlich eine Gelegenheit zur Revanche! Im Spiel der Könige war ich nämlich besser, auch wenn Holmes unvergleichlich über dessen Psychologie und Prinzipien philosophieren konnte. In beiden Partien, die wir noch austrugen, zog der große Kriminalist den kürzeren. Das geschah ihm recht.

Gern hätte ich ihm am nächsten Morgen beim Frühstück mal seine Fehler vom Vorabend aufgetischt – bei der sizilianischen Verteidigung, beim Damen-Opfer, bei meiner raffinierten Oblomov-Variante – aber vergeblich. Mein guter Freund war schon weg, unterwegs in Sachen Amberley, wie er mir auf einem Zettel unter der Kaffeetasse in gewohnter Weise mitteilte. Um 15 Uhr sei er wieder zurück.

Pünktlich zur angegebenen Zeit kam er wieder, wenn auch in kaum ansprechbarer Verfassung. Er brabbelte nur nervös vor sich hin. Erst als kurz darauf auch Amberley eintraf, taute er ein wenig auf. Als ginge es darum, den schlechten Ruf, den er bei uns hatte, mit Konsequenz zu erweitern, verzichtete er auf Begrüßung und Anrede, kurzum auf die Einhaltung aller üblichen Benimm-Regeln. „Ein Telegramm für mich, Holmes! Selten so einen Blödsinn gelesen! Was halten Sie davon?"

Dabei reichte er das Blatt Papier an meinen Freund weiter, der es kurz überflog. Wortlos drückte Holmes es sodann mir in die Hand. Aus dem kurzen, von einem Pfarrer aus Little Purlington unterschriebenen Text ging hervor, daß er offensichtlich Kenntnisse über den Verbleib der 30000 Pfund hatte. Auf welchem Weg er davon erfahren hatte, ob durch Beichte oder Ähnliches, war dem Telegramm nicht zu entnehmen.

„Hervorragend, Mr. Amberley!" jubelte Holmes. „Da kommen Sie ja schneller wieder an Ihr Geld als gedacht. Ich nehme an, daß Sie die nächste Zugverbindung nehmen? Mein Freund Watson wird Sie begleiten! Vielleicht haben Sie seine Hilfe nötig!" Dann sagte er schnell zu mir: „Such bitte den nächsten Zug, mein Bester!"

Während ich mich mit dem dicken Kursbuch beschäftigte

und Anschlußverbindungen herausfieselte, blieb mir nicht verborgen, daß Amberley vom Vorschlag meines Freundes keineswegs begeistert war. Er wollte einfach nicht weg. Er hielt die Fahrt für sinnlos und überflüssig, aber mit diesen Ausflüchten war er bei Holmes an der falschen Adresse. Mit einer gegenüber Mandanten kaum von ihm gewohnten Schärfe wies der Detektiv ihn an, die gebotene Chance wahrzunehmen, andernfalls würde er sich dem Verdacht aussetzen, an der Aufklärung des Falles gar kein ernsthaftes Interesse zu haben. Das wirkte!

Widerspruch war Holmes ohnehin kaum gewohnt!

Zwischenzeitlich hatte ich herausgefunden, daß um 17.30 Uhr eine günstige Zugverbindung nach Little Purlington bestand.

Kurz bevor wir aufbrachen, steckte mir Holmes unauffällig einen Zettel zu. Darauf fand ich den eindringlichen Rat, die Fahrt nach Little Purlington um jeden Preis mit Amberley durchzuführen und keinerlei Meinungsänderungen oder Ausreden zu akzeptieren. Für den Fall, daß er mir entwische, solle ich ihm, Holmes, kurz telegrafieren oder ihn anzurufen versuchen.

Nach einer ziemlich anstrengenden und – wegen Amberleys Laune – auch recht unerfreulichen Fahrt waren wir am nächsten Vormittag endlich in dem kleinen Ort in Essex angekommen und hatten dort zu allem Überfluß noch einen längeren Fußmarsch vor uns, bis wir endlich das Pfarrhaus erreichten, wo wir den Pfarrer bei der Gartenarbeit überraschten. Als er von unserer langen Fahrt und dem Telegramm erfuhr, fiel ihm fast die Rosenschere aus der Hand.

„Was für ein Telegramm, meine Herren? Von mir? Gott

behüte! Wie käme ich dazu? Mit meinen Schäfchen spreche ich von der Kanzel, im Beichtstuhl und bei Hausbesuchen. Sonst nicht. Von einem Mr. Amberley habe ich noch nie etwas gehört. Zu meiner Gemeinde gehört er jedenfalls nicht. Und mein letztes Telegramm habe ich vor gut fünfzehn Jahren aufgegeben!“

Wer beschreibt unsere Verblüffung und unsere Verwirrung?! Wahrscheinlich so, wie man das den echten Schäfchen nachsagt, nämlich ziemlich dumm, müssen wir geschaut haben!

„Vielleicht eine Namensverwechslung, ein Fehler des Postbeamten?“ wagte ich einzuwenden.

„Völlig ausgeschlossen“, protestierte der Pfarrer. „Daß ich die Namen meiner Schäfchen alle kenne, dürfen Sie mir schon getrost zutrauen. Mit dem Namen eines Pfarrers einen solchen Schwindel zu treiben – das stinkt zum Himmel! Guten Tag, meine Herren!“

Mit diesem drastischen Ende war der demütigende Teil dieses Tages freilich noch längst nicht beendet. Von Holmes, den ich telefonisch kurz informierte, erfuhr ich nämlich, daß an eine Rückfahrt am gleichen Tag gar nicht zu denken war. Eisenbahnerstreik!

Und daß ein Unglück selten allein kommt, merkten wir anschließend im einzigen Wirtshaus des Dorfes. Allein der Begriff ‚Wirtshaus‘, der ja so etwas wie ‚wirtlich‘ meint, hatte einen Hauch von Hochstapelei an sich. Es war eine reichlich heruntergewirtschaftete Kaschemme, in der wir mürrisch unseren Abend verbrachten. Auch die Betten ließen sehr zu wünschen übrig, und ich verfluchte den Tag, an dem Amberley uns aufgesucht hatte. Ziemlich mißmutig machten wir uns am nächsten Tag auf den Rückweg nach London. In der Baker Street angekommen – Amberley hatte ich vorsichtshalber mitgenommen –, kam dann der nächste Dämpfer: Mein Freund war nicht da! Statt dessen lag da eine Notiz mit der Bitte, nach Lewisham nachzukommen. In diesem Fall bedurfte es keiner Überredungskünste, Amberley zur Mitfahrt zu überreden. Geradezu hektisch und von unerklärlicher Nervosität befallen, forderte er mich zur Eile auf. Also machten wir uns auf den Weg.

Wieder in Lewisham, genau gesagt in seinem Wohnzimmer angekommen, erreichte die Laune unseres Mandanten einen neuen Tiefpunkt. Holmes war nämlich nicht allein! Neben ihm saß der Mann mit dem Schnauzbart, der eine so seltsame Neugierde bezüglich meiner Person gezeigt hatte.

„Erschrecken Sie nicht, meine Herren!“ schmunzelte Holmes. „Darf ich Ihnen meinen Freund und Kollegen, Mr. Barker, vorstellen. Auch er hat in diesem Fall geforscht, freilich für einen anderen Auftraggeber. Und nun haben wir beide nur eine Frage an Sie, Mr. Amberley.“

Amberley hatte mit zittrigen Händen einen Stuhl herangezogen und Platz genommen, dabei aber die beiden Detektive nicht aus den nervös flackernden Augen gelassen. „Und die wäre?“ fragte er.

„Wo sind die beiden Leichen?“

Statt einer Antwort erhielten wir den Anblick einer dramatischen Szene: Für einen Augenblick schien es, als habe die Frage bei Amberley eine Lähmung ausgelöst und das Blut aus seinem Gesicht verjagt. Dann sprang er plötzlich auf, ruderte wie wild mit den Armen, ließ ein paar gurgelnde Laute vernehmen – und sackte wieder auf den Stuhl! Wohl um ein Taschentuch zu suchen, kramte er dann – schwer atmend – in seiner Jacke und führte seine Hand blitzschnell zum Mund. Genauso schnell jedoch reagierte Holmes.

Wie eine Feder war er aus dem Sessel hochgeschnellt und seinem Mandanten an die Gurgel gefahren. Dieser röchelte kurz, dann fiel eine weiße Tablette auf den Boden.

„Erst heimtückischer Doppelmord, dann feiger Selbstmord, Amberley! So nicht!“

Zu Barker gewandt, fügte er hinzu: „Bin dafür, daß wir ihn zur Wache bringen!“

Das war leichter gesagt als getan: Selbst zu zweit hatten sie Mühe, den alten Mann, der Berserkerkräfte freisetzte, in den Wagen zu verfrachten. Nach knapp einer halben Stunde – ich hatte derweil das Anwesen gehütet –, kam Holmes in Begleitung eines jungen Inspektors zurück.

„Barker hat noch auf dem Revier zu tun“, antwortete er auf meinen fragenden Blick. „Guter Mann übrigens! Es ist fast schade, daß ich in der gleichen Branche tätig bin. Aber unser Verhältnis ist sehr kollegial und freundschaftlich!“

„Und Ihre Verfahrensweisen sind, um es mal vorsichtig zu sagen, unkonventionell“, warf der Inspektor, MacKimmon war seine Name, ein. „Wir wären Amberley ebenfalls auf die Schliche gekommen. Nur ist die Polizei, das wird von der Öffentlichkeit ja immer wieder verlangt, zu einer eher vorsichtigen Vorgehensweise verpflichtet. Die aber erfordert einen höheren Zeitaufwand, und dabei nehmen uns andere dann manchmal die Butter vom Brot! Unsere Aufgabe ist undankbar im Gegensatz zu Ihrer Arbeit!“

Holmes, der diese Anmerkung als Kritik empfand, gab sich Mühe, den Inspektor aufzumuntern:

„Aus Ihrer Sicht stimmt es wohl, was Sie sagen. Aber vergessen Sie nie, daß wir nicht über einen so großen und leistungsfähigen Apparat verfügen, genaugenommen haben wir gar keinen – außer unserem Handwerkszeug und einem bißchen Verstand und Intuition... Den Fall können Sie sich übrigens selbst an die Fahne heften! Barker und ich halten uns völlig heraus!"

„Da danke ich Ihnen aber herzlich, Mr. Holmes", strahlte der Inspektor, als hätte er gerade von seiner Beförderung zum Polizeipräsidenten erfahren. „Aber wenn mich ein Journalist anruft, was soll ich dem denn sagen? Außer einem Selbstmordversuch wissen wir doch noch wenig!"

„Gemach, gemach, junger Mann! Die Leichen werden Sie schon finden, wenn Sie Haus und Garten auf der Grundlage eines Durchsuchungsbefehls auf den Kopf stellen können. Ich tippe übrigens auf einen alten Brunnen... Als der Bau errichtet wurde, gab es hier nämlich noch keine Wasserleitung!

Nun zum Täter. Um dessen Wahnsinnstat nachvollziehen zu können – verstehen im weiteren Sinne kann man das sowieso nicht –, muß man sich eine Weile mit seiner Persönlichkeit befassen. Amberley war ein unerträglicher Geizkragen. Von ihm als Mensch und als Mann konnte seine Frau ohnehin nicht viel erwarten, durch einen seinen finanziellen Verhältnissen entsprechenden Lebensstandard hätte er freilich viel wettmachen können! Aber das zu begreifen war ihm wohl nicht vergönnt. Seine Frau jedenfalls muß ihre Hoffnungen auf ein besseres Leben wohl bald aufgegeben haben. Jeder andere Mann mußte ihr als attraktive Alternative erscheinen.

Und dann kam er, durchs Schachspiel bedingt, ins Haus, der andere. Er war Arzt, von angenehmer Art, gebildet. Was sich genau zwischen beiden abspielte, weiß ich nicht, interessiert mich auch nicht. Auf jeden Fall war Amberleys Mißtrauen geweckt. Er vermutete ein Verhältnis und verurteilte beide – von krankhafter Rachsucht beseelt – zum Tode!

Über seine Persönlichkeitsstruktur habe ich mich ja schon ausgelassen – das ist die eine Seite. Gleichzeitig aber war er auch ein begnadeter Schachspieler, der Arzt hatte nie eine Chance gegen ihn. Genie und Wahnsinn liegen – gerade bei Schach-Fanatikern – dicht beieinander. Deswegen bin ich auf dieses Spiel auch nicht so besonders scharf... Einige Weltmeister, wie Sie vielleicht wissen, landeten in der Nervenheilanstalt.

Den Doppelmord plante Amberley jedenfalls mit der überlegenen Präzision, mit der etwa ein Großmeister im Endspiel seinen Gegner in die Falle lockt, um ihm dann kaltblütig den Garaus zu machen. Wie – das muß ich Ihnen vor Ort zeigen!"

Dabei hatte er sich wieder erhoben und führte uns zur Safekammer, deren Tür offenstand.

„Das mit der Farbe, die hier so fürchterlich riecht, war übrigens ein hervorragender Tip meines Freundes Watson!" fuhr er fort. „Als Amberleys Frau noch da war, tat er nichts am Haus! Als sie weg war, fummelte er auf einmal mit Farben herum, obwohl er da doch weiß Gott andere Sorgen hatte. Also konnte es sich nicht um die Farben selbst und deren Verschönerungswirkung drehen, sondern um eine gewollte Begleiterscheinung – den Gestank halt, mit dem man leicht einen anderen Geruch überdecken kann! Und meine Vermutung hat sich auch prompt bestätigt!

Schauen Sie sich das alte Gasrohr gut an, das da an der Fußleiste entlangläuft! Dort ist der Hahn zum Aufdrehen, da geht es durch die Wand in die Safekammer, wo es zur Decke geführt wird. Sie wissen ja wohl, daß Lampen früher mit Gas versorgt wurden. Das hier ist noch so eine Leitung – und völlig intakt, auch in der Küche wird mit Gas gekocht. Nach der Einführung des elektrischen Lichts hat man die Rohre mit bleiernen Schraubverschlüssen versehen, oft auch alles rausgerissen.

Amberley nun hat das Rohrende wieder aufgeschraubt und dann durch eine Stuckrosette getarnt. So konnte er leicht von draußen Gas in die Safekammer leiten, und entweichen kann da nichts.

Die Kammer ist sowohl einbruch- wie ausbruchsicher, und sogar luftdicht. Amberley mußte nur das Paar in die Kammer locken, die Safetür schließen, das Gas aufdrehen – dann wurde aus der sicheren Safekammer eine tödlich wirkende Gaskammer!

Wegen der schlechten Lüftungsmöglichkeiten hält sich der Gasgeruch aber eine Weile, so kam er auf die Idee mit den Farben. Wenn Sie sich nun in die Lage der beiden versetzen, wird es Ihnen einleuchten, daß die beiden unfreiwilligen Todeskandidaten noch eine Chance wahrnehmen wollten, ihren Mörder zu entlarven.

Was würden Sie tun? Eine Anklage auf Papier würde vom Mörder bemerkt werden. Gleiches gilt für eine Gravur in der Wand. Ganz unauffällig würden Sie es wohl machen, auf der Bodenleiste zum Beispiel. Und da steht auch – mit blaßrotem Lippenstift: *Wir wurden...* Wie der Satz zu Ende geht, ist klar!

Das war es. Eine kaltblütige Hinrichtung hat hier stattgefunden! Wenn Watson mich nicht durch seinen grandiosen Hinweis auf die Spur gebracht hätte, wäre ich sicher nicht draufgekommen. Und die Theaterkarten, mein Freund? Die,

die er dir zeigte, war nichts anderes als eine Reservierung auf Abonnementsbasis. Gekauft waren die Karten nämlich noch nicht. Das habe ich durch eine Anfrage im Haymarket-Theatre herausgekriegt! Amberley war hier, hier hat er in einem tödlichen Drama Regie geführt!"

„Phan... phantastisch!" stotterte der Inspektor nur noch. „So was von Brillanz!"

Es fehlte nur noch, daß er in die Knie gegangen wäre, wie ich schmunzelnd feststellte.

„Also, junger Freund!" unterbrach ihn mein Freund lächelnd. „Einen Club brauchen Sie deswegen noch nicht aufzumachen. Meine Honorare reichen mir als Lohn. Und für meine Memoiren ist dieser Fall ein Glücksfall: Ein Mörder als Mandant! Das muß mir erst einmal jemand nachmachen! Ich bin sicher, daß dieser Fall meinem Chronisten Watson besonderen Spaß machen wird. Von Amberley aus gesehen, war das übrigens Ausdruck seines Größenwahnsinns! Er fühlte sich so absolut sicher..."

Als wir das Haus verließen, fiel Holmes noch etwas ein, das er vergessen hatte.

„Nicht erwähnt habe ich bisher, wie ich in das Haus hineingekommen bin. Watson und Amberley habe ich einfach auf Reisen zu einem Pfarrer geschickt... Dadurch konnte ich ungestört das Haus unter die Lupe nehmen. Na ja, ungestört stimmt nicht ganz." An dieser Stelle mußte Holmes fast kichern: „Mitten in der Nacht hätte mich Barker fast erschlagen. Der verfolgte nämlich das gleiche Ziel. Er kam im Auftrag der Eltern von Dr. Ernest – und da gemeinsam alles besser geht, hatten wir die letzten offenen Fragen schnell geklärt!"

Zwei Tage später wurden die beiden Leichen in einem verfallenen, zum Teil überwucherten Brunnen im hinteren Teil des Grundstücks gefunden. Amberley kam wegen Doppelmordes auf die Anklagebank und wurde zum Tod durch den Strang verurteilt. Und da seine Gnadengesuche vergeblich waren, hatte er in der Todeszelle nur noch wenig Zeit für einige Partien Schach mit dem Teufel...

Das Geheimabkommen

Eines Morgens, ich saß gerade beim Frühstück und biß herzhaft in ein Brötchen mit Orangenmarmelade, brachte unsere Haushälterin, Mrs. Hudson, mir einen Brief.

Eigentlich wollte ich mich dadurch nicht stören lassen, aber dann drehte ich den Brief um und las den Namen des Absenders: Percy Phelbs.

Ich hatte Percy in der achten Klasse kennengelernt, einen hochbegabten und etwa gleichaltrigen Jungen, der mir, das ist ganz wörtlich zu verstehen, um zwei Klassen voraus war. Jahrelang waren wir die dicksten Freunde und verbrachten auch den größten Teil unserer Freizeit miteinander. Die Streiche, die wir gemeinsam ausheckten, zeichneten sich durch Witz und Originalität aus und hatten nicht zuletzt eine enorme Wirkung – auch auf Mädchen, wovon ich nachhaltig profitierte.

Außerdem bekam ich durch Percy schon früh Zugang zu den gehobenen Kreisen der Gesellschaft, denn sein Onkel war Lord Holdhurst, der berühmte konservative Politiker. Unter seinen Klassenfreunden brachte ihm seine berühmte Verwandtschaft freilich eher Neid ein, was ihn wenig zu stören schien, ihn aber sicher zusätzlich dazu anstachelte, mit Leistungen zu überzeugen. Er war der Beste, kassierte fast alle Preise bei schulischen Wettbewerben und bekam nach dem Schulabschluß schließlich ein Stipendium für die Universität

Cambridge, wo er – wie ich auf Umwegen erfuhr – ebenfalls brillierte. Durch die Entfernung bedingt, trennten sich unsere Wege. Und alles, was ich danach über ihn in Erfahrung brachte, stammte vorwiegend aus den Zeitungen. So wußte ich, daß er nach dem Studium in den Dienst des Foreign Office, des Außenministeriums, getreten war. Dort hatte er in atemberaubendem Tempo Karriere gemacht.

Seine aktuelle Position war die eines Unterabteilungsleiters für internationale Rechtsfragen. Und an all das wurde ich schlagartig wieder erinnert, als mir der Name Percy Phelbs ins Auge sprang. Ich öffnete den Brief und las:

Briarbrae, Woking

Mein lieber Watson,
gerade im Augenblick, wo ich viel Zeit zum Nachdenken habe, erinnere ich mich äußerst gerne an die Jahre, die wir – freundschaftlich verbunden – auf der Schule verbracht haben! Durch das Studium in Cambridge wurde diese enge Beziehung bekanntlich gekappt. Später machte ich im Foreign Office Karriere. Aber das ist nun vorbei – ausgelöst durch eine Affäre, die in ihren Ausmaßen noch gar nicht zu überblicken ist und die mich fast in den Wahnsinn treibt.

Hinzu kommt, daß ich seit neun Wochen an einer schweren Gehirnhautentzündung laboriere. Sie klingt zwar langsam ab, aber ich bin immer noch so schwach, daß ich diesen Brief diktieren muß! Wie Du Dir denken wirst, enthält er ein Anliegen, ein für mich ungeheuer wichtiges: Bitte veranlasse Deinen Freund Sherlock Holmes, daß er mich besucht. Ich brauche sein überragendes kriminalistisches Gespür für die Aufklärung der angedeuteten Affäre — nicht zuletzt, um weiteren, unermeßlichen Schaden zu verhindern. Es ist auch zeitlich äußerst dringend. Gib mir daher bitte so schnell wie möglich Bescheid, ob Holmes kommen kann!

Sicher wäre sein Besuch auch eine gute Gelegenheit, daß wir uns endlich mal wieder sehen. In der Vorfreude darauf bin ich

Dein

alter Percy Phelbs

Der Brief klang reichlich dramatisch, ein papierener Hilferuf, der mich rührte. Daß Holmes der Bitte nachkommen würde, stand für mich von vornherein fest. Wenn er es zeitlich irgendwie ermöglichen konnte, schlug er nie eine Bitte dieser Art aus. Als er von einem Termin in der kriminaltechnischen Abteilung von Scotland Yard zurückkam, reichte ich ihm daher kommentarlos den Brief, der ja für sich sprach und von ihm mit großer Konzentration gelesen wurde.

„Na ja – ziemlich viel Katastrophen auf einmal“, bemerkte er schließlich, ohne Anteilnahme zu verraten, „und eine Menge Fragezeichen. Geschrieben wurde der Brief übrigens, wenn du mir diese graphologische Anmerkung erlaubst, von einer Frau – und zwar einer ganz ungewöhnlichen! Das macht mich neugierig! Von mir aus können wir sofort losfahren!“

Nach einer Stunde Fahrt von der Waterloo-Station aus hatten wir bereits Woking erreicht, ein kleines Städtchen inmitten einer Heidelandschaft.

Ein paar Minuten zu Fuß, und wir standen vor Briarbrae, das ganz im Gegensatz zu seinem wohl keltischen Namen urenglisch aussah: Es war ein großes, herrschaftliches Haus mit einem großzügigen gepflegten Garten. An der Tür wurden wir von einem freundlichen, etwa vierzigjährigen Mann empfangen, der sich im Namen des Hausherrn überschwenglich für den Besuch bedankte:

„Das wird ihn, ich meine: Mr. Phelbs, aber riesig freuen und ihm auch gesundheitlich wieder Auftrieb geben!"

„Es freut mich zu hören, daß wir willkommen sind, zumal wenn diese Aussage von einem Mann kommt, der offensichtlich nicht zur Familie zählt!" schmunzelte Holmes hintergründig.

„Ach, Sie spielen auf das Monogramm auf meinem Sakko an?! Ja, es ist wahr. Ich heiße Joseph Harrison. Aber wenn Annie, meine Schwester, demnächst Mr. Phelbs heiratet, gehöre ich doch dazu. Annie ist übrigens in seinem Zimmer, wie seit Monaten schon, auch von ihr werden Sie sehnsüchtig erwartet. Wenn ich Ihnen den Weg zeigen darf..."

Der geräumige Raum, in den er uns führte, war gemütlich eingerichtet und hätte als Blumensalon bezeichnet werden können, denn Hunderte von Rosen, Lilien, Gerbera, Nelken und Orchideen standen, hübsch arrangiert, überall herum. Auch wäre die Bezeichnung kombiniertes Wohn- und Schlafzimmer berechtigt gewesen. Die Doppelnutzung war unverkennbar: Phelbs – nur er konnte der Mann sein, der da bleich, mit tiefliegenden Augen und Stoppelbart auf einem großen Sofa lag – begann, als er uns erblickte, zu strahlen:

„Das erfreulichste Ereignis seit langem! Sei gegrüßt, alter Freund – Sie ebenfalls, verehrter Mr. Holmes! Hast dich verändert, Watson! Aber für wen gilt das nicht?!"

Wir setzten uns. Erst jetzt hatten wir Gelegenheit, auch Annie Harrison, die junge Frau, näher in Augenschein zu nehmen, die neben dem Sofa saß und Phelbs' Hand hielt. Es ist nicht übertrieben zu sagen, daß der Hausherr mit ihr einen

Glückstreffer gelandet hatte. Denn mit ihren prächtigen Haaren, ihrem sanften Gesicht und ihren großen, selbstbewußt blickenden Augen bot sie einen ausnehmend hübschen Anblick. Nachdem ihr Bruder das Zimmer verlassen hatte, verschwand auch der freundlich-neugierige Blick aus dem Antlitz des Kranken, mit dem er uns zuvor gemustert hatte:

„Ich bin ja so froh über Ihren Besuch, aber ich möchte Sie dennoch oder gerade deswegen nicht über Gebühr aufhalten und gleich zur Sache kommen! Kurz vor meiner geplanten Heirat traf mich ein doppelter Schicksalsschlag, der zunächst beruflich, dann gesundheitlich schon einen immensen Schaden angerichtet hat. Sie wissen ja wohl, daß ich im Foreign Office beschäftigt war und dort sozusagen unter dem Patronat meines Onkels, Lord Holdhursts, stand. Ich hatte schon vorher eine Reihe von schwierigen diplomatischen Missionen zu erledigen, und als er Außenminister wurde, rückte ich – neben meiner Funktion als Unterabteilungsleiter – in den Rang eines seiner engsten Berater auf. Immer wieder mußte ich auch schwierigste Rechtsfragen klären, die sich andernfalls und regelmäßig zu einer Belastung für unser außenpolitisches Renommee entwickelt hätten.

Am 23. Mai, vor knapp zehn Wochen also, rief mich mein Onkel in sein Büro. Nach einigen Freundlichkeiten und Komplimenten bat er mich, einen Spezialauftrag zu übernehmen, der neben hoher juristischer Qualifikation äußerstes Geschick und extreme Sensibilität verlange, die höchste Geheimhaltungsstufe habe und nach erfolgreichem Abschluß als meine diplomatische Meisterprüfung gewertet werden würde. Das waren große und verlockende Worte!

Lord Holdhurst übergab mir den Entwurf eines Vertrages, den die Außenwirtschaftsabteilung des Ministeriums erstellt hatte, und forderte mich auf, den Text juristisch absolut unangreifbar abzufassen. Der Vertrag ist ein Geheimabkommen, das England mit Italien vereinbart hatte. Abgesehen von der juristischen hat das Dokument eine hohe politische Brisanz.

Mein Onkel hätte mich gar nicht darauf hinweisen müssen, wie überaus wichtig es sei, daß nichts über den Inhalt des Vertrages nach außen dringe. Unvorstellbar, was geschehen würde, wenn die Russen oder die Franzosen davon erfahren würden!

Und der Vertrag ist verschwunden!

Wie es geschehen konnte, weiß ich bis heute nicht! Aber der Hergang sei kurz erzählt!"

„Und das Gespräch mit dem Außenminister fand unter vier Augen statt?" fiel Holmes ihm ins Wort.

„Ja, völlig! Kein anderer war zugegen oder hätte, wenn er in der Nähe gewesen wäre, etwas hören können: Wir haben uns leise, fast wie zwei Verschwörer unterhalten. Wieder in meinem Büro, war ich allerdings zunächst nicht allein! Antonio Pinocat, mein Assistent, hatte noch ein paar Kleinigkeiten zu erledigen, aber dann ging auch er.

Ich hatte es eilig, denn ich wollte den Spätzug noch erreichen.

Harrison, den Sie gerade kennengelernt haben, war auch in London, und wir wollten gemeinsam zurückfahren. So machte ich mich mit Akribie und ungeheurem Elan an die Arbeit! Gegen 21 Uhr wollte ich mir einen Kaffee bringen lassen. Als ich nach dem Portier klingelte, kam jedoch eine Frau mit Schürze in mein Büro. Sie sei fürs Saubermachen zuständig und die Frau vom Portier, sagte sie. Und neuerdings nebenbei auch für den Kaffee zuständig, dachte ich und bestellte

betont zu werden! Interessenten dafür gibt es zuhauf: Rußland, Frankreich, Oppositionskräfte in England, Italien... Und auch eine Einzelperson käme dafür in Frage: Lord Holdhurst! Wer weiß schon, was dieser ehrgeizige Mann alles unternimmt, um lästige Konkurrenten bei seinem Aufstieg zum Premier auszuschalten? Erfolgreiche Politiker sind die geborenen Spieler und Intriganten! Es ist aber auch möglich, daß er nicht so gern mit diesem Vertrag einer reichlich riskanten Außenpolitik identifiziert werden will und den Vertragsabschluß erst einmal elegant hinauszögern möchte?! Aber zunächst sind das alles Spekulationen – Fakten sind gefragt! Und dahingehend ist Inspektor Forbes unser erster Gesprächspartner. Außerdem habe ich vom Bahnhof Woking aus in allen Londoner Blättern eine Anzeige plaziert, die uns auch weiterbringen könnte: Eine hohe Belohnung erhält der, der Hinweise auf die Droschke geben kann, die am 23. Mai einen Fahrgast zum Hintereingang des Foreign Office brachte."

„Wieso denn Droschke?" Ich war völlig überrascht.

„Na, das liegt doch auf der Hand: Versteckmöglichkeiten im Haus gab es nicht – laut Phelbs. Also ist der Täter von draußen gekommen! Zu Fuß sicher nicht, denn dann hätte man, es goß ja schließlich in Strömen, Spuren entdecken müssen!"

Ich mußte Holmes recht geben.

„Völlig unerklärlich ist mir dagegen das mit der Klingel! War es der Täter selbst – warum dann? War es jemand anderes – einer vielleicht, der den Täter überraschte?"

Mit dieser Frage sank Holmes bis London in tiefes Schweigen.

Forbes, einer von der intellektuellen und arroganten Garde

des Yards, dem unser Besuch bereits avisiert worden war, erwartete uns in seinem Büro:

„Wir kennen uns ja noch nicht, Mr. Holmes; Sie werden daher Verständnis dafür haben, daß ich mich mit meinen Informationen noch etwas zurückhalte..." begann er.

„Das ist Ihr gutes Recht, junger Mann! Doch schließe ich daraus, daß Sie Ihrer Karriere noch nicht die nötige Aufmerksamkeit schenken. Von meiner Mitarbeit haben einige Ihrer Kollegen bisher bereits durchaus profitiert: Häufig löse ich die Fälle und überlasse anderen den Ruhm!"

„Es ist möglich, daß ich das bisher unter dem Aspekt beruflicher Eifersucht gesehen habe..." gab Forbes zu.

„Jedenfalls hat mir der Fall Phelbs bisher noch keine Lorbeeren eingebracht. Wir treten auf der Stelle! Das Pförtnerpaar haben wir lange beschattet, aber das Ergebnis ist eher mager: Mr. Tangey ist wahrscheinlich über jeden Zweifel erhaben. Nichts Nachteiliges fand sich in seiner Vita, keine auffälligen Lebensumstände, kein Alkohol, keine anderweitigen Laster, keine Seitensprünge. Und der Gedanke an Wett- oder Spielleidenschaften verbietet sich fast von selbst. Seine Frau dagegen trinkt ein bißchen zu viel und ist häufig in Gaststätten zu finden. Wir haben über getarnte Polizistinnen Kontakt zu ihr aufgenommen, aber viel ist dabei nicht herausgekommen: Die Geschichte mit dem Hausverwalter jedenfalls ist wahr: Es ging um eine höhere Handwerkerrechnung, und die ist aber mittlerweile bezahlt. Das Geld hatte sie in der Küche, was ihr Verhalten bei meinem Besuch hinreichend erklärt. Und der Ursprung des Geldes für einen Wohnungsumbau ist auch geklärt: Eine kleine Lebensversicherung, die fällig war!"

„Und warum wollte sie den Kaffee bringen, als Mr. Phelbs geläutet hatte?"

„Mit der Müdigkeit ihres Mannes hat sie das erklärt!“

„Das deckt sich mit den Beobachtungen meines Mandanten in der Pförtnerloge! Aber die Eile, mit der sie aus dem Foreign Office verschwunden ist, ist doch höchst verdächtig!“

„Nein, zumindest wenn man glaubt, was sie dazu erklärt: Ihre Zeit, für die sie bezahlt wird, hatte sie schon überzogen. Sie wollte einfach nach Hause oder noch auf ein Bier!“

„Das wäre auch eine denkbare Erklärung für den Umweg. Denn Sie und Mr. Phelbs sind ja viel später losgefahren und dennoch vor ihr angekommen!“

„Die öffentlichen Verkehrsmittel... Sie fuhr mit dem Bus, wir mit der Droschke!“

„Hat Mrs. Tangey beim Hinausgehen in die Charles Street verwertbare Beobachtungen gemacht? Kann ihr der Täter vielleicht sogar begegnet sein?“

„Auch hier... reine Fehlanzeige! Sie hat nur den Polizisten wahrgenommen.“

„Gut, Mr. Forbes! Wenn es auch nicht viel gebracht hat, so haben Sie bisher doch aus meiner Sicht solide Ermittlungsarbeit geleistet! Sonstige Beschattungen oder Erkenntnisse?“

„Pinocat wurde überwacht und sein Leben durchleuchtet! Und dessen makelloser Lebenswandel hebt sich eher wohltuend von dem einiger anderer Politiker ab! Es war fast ein moralisches Ärgernis für mich, Leute seiner Art verdächtigen zu müssen!“

„Das ist wohl wahr, und es ehrt Sie! Übrigens, sind Sie in Sachen ‚Klingel‘ weitergekommen?“

Forbes schien sich selbst Vorwürfe zu machen: „Das war und bleibt ein Rätsel für mich! Auf jeden Fall muß der Täter Nerven wie Drahtseile haben.“

„Schön, Inspektor!“ bedankte sich Holmes. „Meine Neugierde ist einstweilen befriedigt. Und wenn ich mich meinerseits mit Informationen revanchieren kann, melde ich mich. Bis dahin verabschiede ich mich.“

„Und nun“, fragte ich, nachdem wir den Yard verlassen hatten. „Wen besuchen wir jetzt?“

„Na, wen schon?! Lord Holdhurst natürlich.“

Trotz seiner telegrafischen Voranmeldung war es nicht selbstverständlich, daß Holmes mit mir im Schlepptau bei Lord Holdhurst vorgelassen wurde.

„Da also wird unsere Außenpolitik gemacht!“ staunte ich beim Betreten seines luxuriös ausgestatteten Büros.

Lord Holdhurst selbst war ein eleganter und gleichwohl seriös wirkender Mann, mit einem interessanten Gesicht: Eine scharfgeschnittene Nase und vor Intelligenz sprühende Augen prägten sein Aussehen, dem auch eine gewisse Güte und souveräne Gelassenheit nicht fremd waren.

Freundlich, ja fast lässig, kam er nach kurzer Begrüßung zur Sache:

„Im öffentlichen Leben, Mr. Holmes, spielen wir bekanntlich beide eine bedeutende Rolle, und diverse Parallelen zwischen unseren auf den ersten Blick so unterschiedlichen Aufgabenstellungen fallen mir da aus dem Stand ein. Aber halten wir uns nicht mit Freundlichkeiten auf, zumal mir einige wichtige Termine dazu den Spielraum nehmen. Lassen Sie mich raten, was Sie herführt. Wenn es, was am wahrscheinlichsten wäre, mit dem von mir geführten Ministerium und mit Ihrer Tätigkeit als Detektiv zusammenhängt, kann es sich nur um den tragischen Fall meines Neffen Percy Phelbs handeln?!“

„Sie sagen es, Sir!“ schmunzelte Holmes, der für Plaudereien dieser Art immer zu haben war.

„Dann ist jetzt für mich der Moment gekommen, Ihnen sagen zu müssen, daß ich für Percy derzeit keinerlei Haftung übernehmen kann. Unsere verwandtschaftliche Beziehung verbietet es geradezu, mich übergebührlich für ihn einzusetzen! Der Verzicht auf äußerste und möglicherweise übertriebene Korrektheit in diesem Verfahren würde ihn und mich diskreditieren. Das heißt: Ich werde keine voreiligen Schuldzuweisungen erlauben und selbst keine vorschnellen Maßnahmen treffen. Das ist alles, was ich im Augenblick guten Gewissens für meinen Neffen Percy tun kann! Auch Ihrem eigenen Ehrenkodex dürften solche Erwägungen weitgehend entsprechen!“

„Es herrscht hier nahtlose Übereinstimmung zwischen uns, Sir! Was wäre nun aber, um zu meinen Fragen zu kommen, wenn der Vertrag wieder auftauchen würde?“

„Ich wäre glücklich, Mr. Holmes, und, was Percy betrifft, nicht gezwungen, ihn zu opfern! Der reibungs- und lautlose, der effiziente Betrieb meines Ministeriums hat nun mal Vorrang vor allem, vor absolut allen anderen Aspekten!“

„Auch hier bin ich mit Ihnen *d'accord!* Lassen Sie mich bitte einmal die meines Erachtens zentralen Gedanken herausarbeiten! Käme der Vertrag in falsche Hände, das heißt in andere Hände als die der Vertragspartner, hätte das verheerende Folgen für die Außenpolitik unseres Landes?“

„So kann man es wohl ausdrücken!“

„Auch die internationale Presse wäre sich in der Verurteilung unseres Landes wohl weitgehend einig... Zu vergessen ist dabei aber nicht die Möglichkeit, daß der Vertrag in falsche Hände gerät und – aus welchem Grund auch immer – nicht publik gemacht wird! Sozusagen als Druckmittel oder Damoklesschwert. Halten Sie das für denkbar?"

„Warum nicht?! Wenn man Politiker ist, sollte man nie *nie* sagen und vor allem *nichts* ausschließen! Die Realität übertrifft da mit schöner Regelmäßigkeit den Einfalls- und Erfindungsreichtum der Romanciers!"

„Ein treffender Befund! Nun sind ja aber seit dem Diebstahl knapp zehn Wochen vergangen, und ein Skandal hat sich noch nicht eingestellt. Möglich wäre freilich, wie gesagt, daß der Vertrag zu diesem Geheimabkommen dennoch weitergeleitet, danach aber unter Verschluß gehalten wurde. Wahrscheinlicher ist aber doch, daß er noch gar nicht in fremde Hände gelangt ist – oder?"

„Auch wenn ich mich dabei wiederholen muß: Denkbar ist alles – aber vergessen Sie nicht, daß ich nicht als Spekulant an der Börse, sondern in einem ebenso seriösen wie sensiblen Beruf tätig bin. Der Gedanke, daß der Dieb den Vertrag ruhen läßt und auf günstige Gelegenheiten hofft, erscheint mir – verzeihen Sie – absurd!"

„Dann bliebe nur noch die Möglichkeit, daß der Täter an der Weitergabe gehindert wurde, sagen wir – durch eine Krankheit?"

„Anscheinend geben Sie das Spekulieren nicht auf, Mr. Holmes! Und natürlich bin ich nicht so dumm, um nicht zu wissen, auf was Sie da anspielen! Ein unerquickliches Sandkastenspiel!"

„Pardon, Sir! Mir lag es fern, Sie zu provozieren! So habe ich denn abschließend nur noch einige kurze Fragen. Zunächst: Hat Mr. Phelbs seinen Auftrag in diesem Raum erhalten?"

„Ja! Wo sonst?"

„Und das Gespräch fand unter vier Augen statt?“

„Absolut!“

„Könnte es sein, daß Sie gegenüber einem Dritten je etwas von diesem Vertrag erwähnten?“

„Also, obwohl ich Ihre Frage für reichlich indiskret, um nicht zu sagen unverfroren halte, nur dies: Außer den wenigen, damit offiziell Befaßten weiß keiner davon!“

„Dann war es folglich der Zufall, der dem Dieb da die Finger führte... Man müßte schon Staatsphilosoph sein, um das deutlicher zu machen: Daß große Kulturnationen wie die unsere zuweilen an dem seidenen Faden hängen, den ein kleiner Krimineller in der Hand hält! – Nun denn, für den Termin an sich und Ihre großzügige Auskunftsbereitschaft danken wir jedenfalls herzlich! Als Anmerkung darf ich hinzufügen, daß mir dieser Besuch auch einen Großteil des Vertrauens gegenüber Politikern zurückgegeben hat, das mir für mich längst verloren schien!“ schloß Holmes.

„Mit Pauschalurteilen in Richtung Politiker werde ich mich künftig etwas mehr zurückhalten, Watson!“ kündigte mir Holmes selbstkritisch an, als wir wieder draußen waren. „Seine Lordschaft ist – auch wenn mir die Privilegierung durch erbliche Titel nicht sinnvoll erscheint – ein feiner Kerl! Ein kleines Restrisiko sehe ich dennoch bei ihm: Er gehört zum eher armen Adel – und Armut macht anfällig für Versuchungen! Aber schließen wir dieses Kapitel zunächst und wenden wir uns dem nächsten zu. In Woking warten morgen neue Aufgaben auf uns!“

Schon beim Frühstück erfuhr ich von Holmes, daß seine Anzeigenkampagne erfolglos geblieben war. Trotz hoher Belohnung war nicht eine Antwort eingegangen. Woraus folgte, daß seine Droschkenthese wankte, und mit ihr noch einiges mehr! Dies hielt uns jedoch nicht davon ab, mit einer Droschke zum nächsten Bahnhof zu fahren und den Zug nach Woking zu besteigen.

Dort, beziehungsweise in Briarbrae, angekommen, erlebten wir Phelbs mit deutlich besserer Gesundheit. Ziemlich flott fragte er Holmes: „Irgendwelche Neuigkeiten, mein Bester?"

„Nein, nichts! Noch nichts Passendes, Mr. Phelbs!" Holmes ließ sich nichts entlocken. „Wir haben nur zwei Gespräche geführt — mit Forbes und Lord Holdhurst, und außerdem haben wir ein paar Dinge ins Rollen gebracht."

„Immerhin heißt das, daß Sie noch nicht aufgegeben haben!"

„Dafür gäbe es auch keinen Grund!"

„Nun, aber dafür haben wir Ihnen ein wenig mehr zu erzählen! Um es vorwegzunehmen: Heute nacht wurde eingebrochen, verbunden mit einem Mordversuch – an mir! Als hätte ich nicht schon genug gelitten, nun auch noch dies! Das Netz einer Verschwörung scheint sich um mich immer mehr zuzuziehen. Warum bloß? – Doch zunächst zum Einbruch: Heute nacht hatte ich erstmals auf die Betreuung durch eine Schwester verzichtet, weil es mir schon wieder relativ gutgeht. Gegen zwei Uhr – ich lag nur im Halbschlaf, weil ich einmal wieder auf Schlafmittel verzichten wollte – hörte ich plötzlich ein Geräusch – so etwa, wie es die Mäuse verursachen, wenn sie Holz anknabbern. Eine Weile habe ich mir das neugierig angehört, ich selbst war dabei mucksmäuschenstill. Plötzlich ein metallisches Klicken! Ich richtete mich auf und wußte nun auch, woher das alles kam, vom Fenster nämlich. Jemand hatte sich mit einem Bohrer am Spalt zu schaffen gemacht und dann den Hebel heruntergedrückt. Danach folgte

eine längere Pause, offenbar wollte der Einbrecher testen, ob ich von den Geräuschen aufgewacht war. Und endlich war das leise Schleifgeräusch des Scharniers zu vernehmen – das Fenster wurde geöffnet. Mir reichte es nun, und mit einem Satz bin ich zum Fenster hingesprungen, habe es aufgerissen – und stieß fast mit dem Mann zusammen, der da hockte!

Gesehen habe ich kaum etwas von ihm, denn bis auf die Augen war alles an ihm verhüllt, außerdem verschwand er wie der Blitz. In der Hand hielt er dabei, das habe ich noch bemerkt, eine Art Messer! Ihm durch das Fenster zu folgen wäre zwecklos gewesen. Dazu bin ich noch zu schwach auf den Beinen, so habe ich statt dessen Sturm geläutet. Als nicht sofort Hilfe kam, habe ich nach Joseph gerufen, der dann auch gleich zur Stelle war und anschließend Annie und das Personal weckte. Er und ein Stallbursche haben noch in der Nacht, mit Fackeln ausgerüstet, das Blumenbeet vor dem Fenster auf Spuren hin untersucht. Man fand auch einige, aber wegen der Trockenheit hier draußen bei uns in letzter Zeit ist damit wohl wenig anzufangen. Auf dem Rasen konnte man überhaupt nichts mehr entdecken. Am Gartenzaun jedoch scheint der Einbrecher beim Drübersteigen die Spitze einer Latte angebrochen zu haben. Um Ihre Ermittlungen nicht zu erschweren, habe ich die Polizei noch nicht verständigt!“

Holmes’ Hirn lief, seiner Miene nach zu urteilen, auf Hochtouren. Schließlich erkundigte er sich, ob Phelbs in der Lage und bereit sei, mit ihm einen Spaziergang um das Haus zu machen. Der Hausherr willigte ebenso ein wie Harrison. Gegenüber Miß Harrison, die sich auch anschließen wollte, war Holmes weniger entgegenkommend:

„Tut mir leid, Miß! Aber ich muß Sie bitten, so lange hier in diesem Raum zu bleiben, bis wir wieder da sind!“

„Was – wo – wie, wie ist das zu verstehen, Mr. Holmes?" stammelte er zunächst und reichlich wirr.

„Ach, ganz einfach", entgegnete der Detektiv ebenso souverän wie locker. „Ich wußte ja, daß Sie ein eher spartanisches Frühstück vorziehen, und da habe ich mir halt was ausgedacht, was Sie auf andere Weise munter macht... Nichts gegen den Brandy!"

„Was war los? Wie sind Sie an die Papiere gekommen, Mr. Holmes? Sprechen Sie endlich!"

Phelbs drängte auf eine schnelle Antwort und auf die endgültige Lösung seiner langen Qualen.

„Gut!" Holmes war wieder mal in seinem Element. „Ich will Sie nicht länger quälen und den Sachverhalt aufklären!

Also, nach einem herrlichen Nachmittag, den ich mit einem Spaziergang in der hinreißenden Landschaft von Surrey verbracht habe, begab ich mich abends wieder in die Nähe von Briarbrae. Ohne zu fragen, bin ich einfach über den Zaun gestiegen.

Zwischen den Rhododendren vor Ihrem Schlafzimmer, Mr. Phelbs, machte ich es mir nach einigen Robbereien den Umständen entsprechend gemütlich – und wartete ab.

Stunden waren vergangen, die Miß Harrison, die ich beobachtete, mit Lesen verbrachte. Gegen 22.15 Uhr ging das Licht aus, und sie verließ den Raum.

Sicher, obwohl ich das nur vermuten kann, verschloß sie dabei auch die Tür, wie ich ihr zuvor eindringlich geraten hatte, und nahm den Schlüssel mit. Ohne die absolut zuverlässige Mitarbeit von Miß Harrison wären wir nicht so weit, wie wir sind.

Endlich, gegen zwei Uhr morgens, bewegte sich langsam die Lieferantentür. Sie öffnete sich, und Mr. Harrison trat heraus."

„Mein Gott, Joseph?"

„Auf Zehenspitzen schlich er zum Fenster und begann, es mit seinem Messer zu traktieren. Nicht ungeschickt ging er dabei vor, und bald hatte er auch den Hebel zur Seite gedrückt, woraufhin er das Fenster öffnete und einstieg. Im Zimmer machte er zunächst Licht. In Sofanähe schob er den Teppich beiseite und hob ein ins Parkett eingearbeitetes Brett hoch, dessen Zweck die Installateure am besten kennen: Sie kommen somit leichter an die Verzweigungen und Verschlußschrauben der im Boden verlegten Gasrohre. Ein perfektes Versteck für jeden, der was zu verbergen hat! Aus diesem Hohlraum holte Harrison nun Papiere hervor, legte das Brett wieder auf die Öffnung, brachte den Teppich in Ordnung, löschte das Licht und kam durch das Fenster wieder nach draußen, wo ich ihm einen unherzlichen Empfang bereitete. Zwar hat er sich kurz gewehrt und mir mit dem Messer auch einen Schnitt am Handgelenk beigebracht, aber gegen mich hatte er keine Chance!

Ihn festzunehmen lag weniger in meiner Absicht, also ließ ich ihn laufen, da es mir doch ausschließlich um die Papiere ging. Außerdem könnte sich ein Gerichtsverfahren gegen ihn durchaus als Bumerang erweisen. Dann müßte öffentlich über den Inhalt der Papiere gesprochen werden – und der Skandal wäre perfekt! Lord Holdhurst und Sie, Mr. Phelbs, hätten mir das sicherlich übelgenommen.

Immerhin ist Forbes informiert – ob er Harrison fängt, ist seine Sache!"

„Dann, dann lagen die Papiere zehn Wochen lang in meiner Griffnähe?" stotterte Phelbs.

„Ja, und durch die Rund-um-die-Uhr-Betreuung besser gesichert als in einem Tresor!"

„Und Joseph – ein Dieb oder gar Agent?"

„Nun, auf jedem Fall machte die Gelegenheit Diebe, um ein Sprichwort zu bemühen! Nötig hatte er es, wenn auch durch eigene Schuld: Durch aberwitzige Spekulationen an der Börse hatte er eine Menge Geld verloren, und das wollte er um jeden Preis wieder wettmachen.

Daß das seinen künftigen Schwager ruinieren und seine Schwester ins Unglück stürzen würde, war ihm dabei gleichgültig.

Nun verhehle ich nicht, daß mir der Fall doch erhebliches Kopfzerbrechen bereitet hat! Das Hauptproblem dabei war: Es gab entschieden zu viele Verdachtsmomente in alle Himmelsrichtungen. Denken Sie nur an das Pförtnerehepaar oder gar an geheimdienstliche Hintergründe! Das Wichtige vom

Unwichtigen, das Wahrscheinliche vom Unwahrscheinlichen zu trennen war selbst für mich keineswegs einfach. Auf Harrison fiel jedoch schon früh mein Verdacht, war er es doch, der mit Ihnen am 23. Mai heimfahren wollte. Es gehört nicht viel Phantasie dazu, sich vorzustellen, daß er Sie im Foreign Office abholen wollte. Und da kannte er sich aus, wie Sie einmal andeuteten. Durch den Eingang in der Charles Street betrat er das Gebäude und spazierte in Ihr Büro. Da er Sie nicht antraf, klingelte er. Erst dann muß er zufällig auf die Papiere gesehen haben. Und welchen Wert sie für ihn haben konnten, war ihm schnell klar. Die Papiere einzustecken und auf dem schnellsten Weg zu verschwinden war die Folge. Und begünstigt wurde all dies zeitlich durch den gesunden Schlaf des Pförtners!

Wieder in Woking, wurden die Vertragspapiere, die für ihn zu unschätzbaren Wertpapieren geworden waren, erst einmal sicherheitshalber versteckt – naheliegenderweise in seinem eigenen Zimmer. Spätestens nach der Einigung mit dem meistbietenden Interessenten hätte er die Papiere da wieder herausgeholt.

Das aber ging dann plötzlich nicht mehr, nachdem er ausquartiert worden und sein Zimmer in der Folge rund um die Uhr von mindestens zwei Personen besetzt war.

Das Gefühl, über einen Lotto-Gewinn in irrer Höhe zu verfügen und wieder doch nicht zu verfügen, muß ihn schier verrückt gemacht haben! In der ersten Nacht, die Sie wieder allein verbrachten, sah er die Chance, die Papiere endgültig in seinen Besitz zu bringen – aber Ihre Aufmerksamkeit hat das verhindert. Um ganz sicherzugehen, hatte er auch ein besonders starkes Schlafmittel gemixt, nur wirkt das stärkste Sedativum nun mal nicht, wenn es nicht genommen wird. Daß Sie in dieser Nacht von Ihren üblichen Gewohnheiten abweichen würden, konnte er nicht ahnen! Klar war für mich, daß er seinen Versuch wiederholen mußte.

So schickte ich Sie mit Watson nach London, um das Zimmer einerseits möglichst einladend für ihn zu machen, andererseits mußte ich verhindern, daß er tagsüber in meiner Abwesenheit an die Papiere herankam. Daher das Manöver mit Miß Harrison als Wachfrau. Mit möglicherweise erheblichem Zeitaufwand hätte ich freilich selbst nach den Papieren suchen können, aber wozu?

Dahingehend hat er meine Erwartungen auch voll und ganz erfüllt!"

„Was ich nicht verstehe, Mr. Holmes: Warum ist er beim ersten Mal nicht einfach durch die Tür gekommen?" wagte Phelbs zu fragen, der von dem brillanten Vortrag schier erschlagen worden war.

„Das wäre, da er dabei an mehreren Schlafzimmern vorbei mußte, nicht ohne Risiko für ihn gewesen!"

„Und wollte er mich nun ermorden, oder war das Messer nur Werkzeug?"

„Ich denke, daß er das Messer nur benutzt hätte, wenn er in die Enge getrieben worden wäre!"

Harrison blieb verschwunden, Forbes fand ihn nie. Der Vertragsentwurf gelangte nie zur Unterschriftsreife, und Lord Holdhurst war bald darauf am Ziel seiner Wünsche: Ein geschicktes politisches Manöver seiner Partei stürzte den Premierminister, und so zog Lord Holdhurst in die Downing Street Nr. 10, den Sitz des Premierministers des Vereinigten Königreiches.

Einer seiner Berater, ein gewisser Percy Phelbs, konnte

kurz darauf seine Ernennungsurkunde zum Staatssekretär im Außenministerium in Empfang nehmen.

Apropos Empfang: Zu gesellschaftlichen Ereignissen, denen Phelbs mit seiner Frau Annie meistens Glanz verlieh, wurden wir in den Jahren danach häufiger eingeladen. So sah ich ihn dann noch öfter – meinen alten Schulfreund...

Für junge Leute

Sherlock Holmes
Der blaue Karfunkel

12 Fälle, in denen ein perfektes Verbrechen gelungen wäre, wenn nicht... ausgerechnet Sherlock Holmes dazwischengekommen wäre!
Mit seinem messerscharfen Verstand, ausgefeilten Untersuchungsmethoden und einer gehörigen Portion Raffinesse löst er Kriminalfälle, an denen selbst Scotland Yard zu scheitern droht.
Kommissar Peterson hat in seiner Weihnachtsgans einen der wertvollsten Diamanten der Welt gefunden. Er ahnt, daß hier der Zufall ein Verbrechen vereitelt hat und bittet Holmes um seine Mithilfe.
Die Polizei glaubt Lady St. Clair nicht, daß ihrem Mann in einem Zimmer in Soho etwas zugestoßen ist. Doch Sherlock Holmes findet Blutspuren auf der Fensterbank.
Niemand weiß, woran Helens Schwester gestorben ist. Aber als Sherlock Holmes erfährt, daß beide Schwestern nachts ein leises Pfeifen gehört haben und daß ihr Stiefvater als Arzt in Indien war, kommt ihm ein schlimmer Verdacht.

Für junge Leute

Sherlock Holmes
Der Hund von Baskerville

Ein riesiger Höllenhund soll vor Jahrhunderten den ersten Sir Baskerville getötet haben und jetzt auch am Tod von Sir Charles schuld sein. Daß Charles Baskerville keines natürlichen Todes gestorben ist, glaubt Sherlock Holmes nach der Beweisaufnahme auch. Deshalb beauftragt er Dr. Watson mit dem Schutz des jungen Sir Henry Baskerville. Doch es bedarf so mancher scharfsinnigen Überlegung und einiger mutiger Experimente, bis sich die Fäden dieses Falles entwirren lassen. Denn der Nebel über dem Moor verbirgt nicht nur das Geheimnis um den Hund von Baskerville.
Zusammen mit seinem Freund Dr. Watson löst der hagere Meisterdetektiv diesen und zehn weitere Fälle mit kühler Logik und feinem Humor.

Loewes Bücher

London